D E A R + N O V E L

言ノ葉ノ世界

砂原糖子
Touko SUNAHARA

ディアプラス
DEAR+
NOVEL 240
文庫 BUNKO

新書館ディアプラス文庫

S H I N S H O K A N

言ノ葉ノ世界

目次

イラストレーション／三池ろむこ

言ノ葉ノ世界

初めての記憶はなんだろう。

物心ついたばかりの頃に行った家族旅行。動物園や遊園地、イベント会場で見たヒーローショー、非日常的な空間の体験ほど印象に残りやすいものかもしれない。

仮原眞也《かりはらしんや》の記憶は自販機《じはんき》だ。

なんの変哲《へんてつ》もない、ただの清涼飲料水《せいりょういんりょうすい》の自動販売機。いくつの頃の記憶なのか、赤いそれは巨大で、威圧的《いあってき》に聳《そび》え立《た》っていた。

右手は母親と繋《つな》がれていた。まだ若い母の柔らかな手。真夏だったらしく、繋いだ互いの手はじっとりと汗ばみ、幼心にもけして気持ちのいいものではなかったけれど、放したくなくてしっかりと握り締めて立っていた。

「しーちゃん、なにが飲みたい？」

自販機を見つめ、母が尋ねる。

「こーひー」

舌足らずな声で反射的にそう口にした。

「やだ、コーヒー？　しーちゃん、コーヒーなんて飲めないでしょ？」

「ママがゆった。こーひーって、こーひーがのみたいって」

『暑い』『喉《のど》が渇《かわ》いた』『コーヒーがいい』

そう聞こえた母の声の中から単語を選び取り、なぞっただけだった。

母はこちらを見下ろし、困ったような反応を見せた。

「……しーちゃんったら、またそんなこと。変なこと言わないで。ママ、今なんにも言ってなかったわよ？」

蟬《せみ》がジージーと喧《やかま》しく鳴いていた。頭上から射しつける日差しが眩《まぶ》しくて、逆光の中の母の顔はよく見えなかった。ただ、言葉だけが盛《さか》んに鳴く虫の声にも妨《さまた》げられることなく、降《ふ》り注《そそ》いでくる。

『ああ、また。またよ。どうして私の子は普通じゃないの？』

「ママ、ふつうってなに？」

目を凝《こ》らして見上げ、問う。母の唇はほんの僅《わず》かすら動かなかったけれど、叩きつけるように響く甲高《かんだか》い『声』が自分を打った。

もうやめて！

もう嫌よ！　もううんざり!!

日差しの中で閃《ひらめ》く、母の『声』。その『声』は、蟬の激しく震わす羽音《はおと》のように間断《かんだん》なく繰り返した。

仮原の耳には今も聞こえている。聞こえるはずもない人の『心の声』が、二十四時間、三百六十五日、休むことなくずっと響き続けている。

――生まれた瞬間から、ずっと。

雀荘《じゃんそう》の空気は白く霞《かす》んでいた。休むことなく回り続ける換気扇《かんきせん》も、チェーンスモーキング状態のヘビースモーカーたちが相手では気休めにしかならない。

ジャラジャラ言わせ始めたときには、まだ明るかった窓の向こうでは、午後四時を回ったばかりだというのにもう日の色が変わり始めている。

雀卓《じゃんたく》を囲む男たちの吐き出す煙を煩《わずら》わしく思いつつも、仮原眞也は自分の煙草は無意識に口元に運んだ。

「タニさん、今日はまだ続けて大丈夫なんですか〜？」

牌《パイ》を選びながら言う。右隣のチェーンスモーキング男はやや青い顔をして頷いた。二十五歳の仮原からすると、一回り以上も年上の小太りの中年オヤジだ。

「ああ……ま、まだ大丈夫だ」

『やばい。やばい、このままじゃ家に帰れねぇ』

隣から響く『声』に、仮原は切れ長の眸《ひとみ》を細める。牌を切る素振りで俯《うつむ》き加減に頬杖《ほおづえ》をつくと、吸い差しを挟んだままの薄い唇を苦笑に歪《ゆが》めた。

フリー雀荘だが、仮原は常連なので顔見知りの客も少なくない。たとえ初対面でも、二時間あまりも共にいれば仮原にはおよその人となりぐらいは判《わか》る。

揃いも揃って、ろくでもない奴らだ。

チェーンスモーキングオヤジは最近負けが込んでいて、今日の軍資金は子供の学資保険を嫁に無断で解約して得たものだし、左隣もまた同様の金欠の借金男。対面《といめん》の若い小男に至っては、虫も殺さぬ大人しげな顔をしているが、家では嫁を殴るDV男ときた。

知りたくなくとも、人の思考に合わせて情報は『声』となり勝手に流れ込んでくる。

生まれたときから、仮原はずっとそうだった。

この世界は、自分が感じているよりもずっと静かなものらしい。不平不満や罵倒《ばとう》の多くは、本来他人の耳に届くものではなく、美しい言葉や希望を与える会話ばかりがきらきらとした木漏《こも》れ日《び》のように舞っているらしい。

どんな幻想世界だ。そう思う。目の前にある世界なのに、仮原にはそれがなかなか理解できなかった。

まず、声帯を使って発する言葉と、脳のどこだかを使って思考するだけの発しない言葉があると理解するのに時間がかかった。自分に照らし合わせて考えれば、会話と思考が別物であるのはすぐに判ることだが、そんなもの年端《としは》もいかない子供のうちから意識して生活しているわけじゃない。聞こえるか聞こえないか、普通はそれだけだ。

唇を動かして発する都合のいい言葉だけが、互いに通じ合う世界。不注意で足を踏んだぐらいで『死ね』と他人に毒づかれたり、クラス替えで自分を受け持った担任が、「困ったことがあったら遠慮なく先生に相談してね」と笑顔で話しかけながら、『貧乏クジ引いちゃったわ、この子受け持つなんて』と言ったりしない世界。

物心ついてしばらくは仮原は両親の自慢の息子だった。人並み外れた聡《さと》い息子。頭のいい子だと、両親も鼻高々だった。それが『変わった子』になり、『気味の悪い子』となり、小学校に上がる前に思い余った母親に病院に連れて行かれた。

父が家を出て行ったのは、仮原が五歳のときだ。出張のお土産《みやげ》の菓子を、『パパ、ありがと！　お姉ちゃんにも、ありがとう！』とはしゃいで受け取ったら、その夜父と母がなにやら大喧嘩《おおげんか》になった。『嘘つき』と母は父を詰《なじ》り、父は度々《たびたび》家に帰らないようになり、そしてとうとうある日を境にいなくなった。

自販機のジュース選びから、父親の浮気まで。無邪気に仮原は聞き当てる。

こんな状態で周囲と上手く馴染《なじ》めるはずなどない。

仮原が『普通』でないのは、まるで身の危険でも感じたみたいに敏感《びんかん》に誰もが察した。けれど、『心の声』に関しては親でさえ信じようとしなかった。

信じたくなかったのかもしれない。それを認めるのは、誰にとっても脅威《きょうい》だ。

ようやく落ち着きを見せたのは、中学校に上がる頃だった。

あるときふっと、自転車の乗り方のコツでも掴《つか》んだみたいに理解した。

この世界への馴染み方。折り合いのつけ方。愚鈍《ぐどん》な振りをして他人に同調し、口先の言葉を並べ、真実は見て見ぬ振りをする。

簡単だった。

「なぁタニさんって、さっきからなんの役狙ってんだっけ？　判んなくなっちゃった」

「は？」

「牌だよ、牌」

「はあ!?　バカ、教えるわけねぇだろうが。そんなもん教えてどうするんだよ」

「俺が、勝とうと思って」

チンロウトウ、イーピン。お望みの筒子《ピンズ》をひょっと指で押《お》し退《の》けるように捨て牌に出すと、すかさず男は「お」と声を上げた。

「やった、来た、来た！　ロン、ロン！　悪いな若造、いただきだ」

「あーあ……なんだよ、また負けちゃった。これで三連チャン、もうツキなさそうだから俺そろそろ抜けよっかな」

仮原は大げさな溜め息をつき、灰皿に煙草を揉《も》み消《け》すと立ち上がった。

白々《しらじら》しい。連敗中なのは確かだが、それ以前の連勝で結果は仮原の一人勝ちみたいなものだ。

「あ、待て、これからだろうが」

「嫌だよ。雑貨屋で住み込みで働いてるようなしがない身の上だって知ってるでしょ？　たまには勝ち逃げさせてもらわないと」

「たまにって……なんだかんだいって、おまえよく勝ってねぇか？」

「そう？　たまたまタニさんが勝ってるとこ目にしてるだけじゃないの？」

男は首を捻《ひね》っているが、確証は持てないでいる。

仮原はテーブルを離れる足を止め、不思議な思いでその顔を見た。もう慣れたものだが、時々ふと嚙《か》み締めるように違和感は覚える。

どんなに心の中で本音を語ろうと、目の前の男には届かないらしい。なんて滑稽《こっけい》な世界だろう。

仮原は生活には困っていない。今日の賭《か》け麻雀も暇潰《ひまつぶ》しのようなものだ。換金して店を後にする。古い雑居ビルの狭い階段を下りて表の通りに出ると、まだ十月なのに風が冷たかった。煙草の煙に当てられた目が痛む。街中の排ガス交じりの空気でさえもクリーンに感じられ、息を深く吸い込みながら、仮原は長身の体で思いっきり伸びをした。

身長は百八十を超えている。男として見栄《みば》えはするし、まぁルックスは全体的にいいほうだ。眦《まなじり》の切れ上がった眸に、鼻筋のぴしりと通った高い鼻。暮らしは怠惰《たいだ》でも、顔立ちはどちらかといえば硬派な男前に見える。カジュアルななりでふらふらしてるから、学生に勘違いされることはしばしばだけれど。

通りのすぐ先が駅と、賑《にぎ》やかな場所だった。仮原は家に向かって歩き出した。住み込みで働いていることになっている店はそう遠くはない。

雑貨屋兼住居の三階建ての建物は、ボロでくたびれてはいるが繁華街《はんかがい》の中と言ってもおかしくない場所にある。

そして、仮原は雇《やと》われて働いているのではなく、店を経営していた。一年前にそういうことになった。遺産相続で多額の現金と共に転がり込んできたのだ。

きっかけは雨で滑《すべ》りやすくなった歩道橋で、今にも階段を落ちそうに立ち往生《おうじょう》していた老人を助けたことだった。寂しい年寄りは、ちょっと気紛《きまぐ》れで手を貸し、ちょっと戯《たわむ》れに話を聞いてやったら打ち解けてきた。

幼い頃、周囲と上手く付き合えなかったのが嘘のように、仮原は人と親しくするのは得意だった。心の声を上手く利用しさえすれば、人の懐《ふところ》に飛び込むのは簡単だ。

欲しい言葉、探している言葉をチラつかせるだけで、誰でも靡《なび》いてくる。女も男も、子供も老人も。欲しがる言葉をもたないのは、赤子ぐらいのものか。

仮原の甘い言葉に、婆さんは小遣いをくれた。しまいには、十年も前に先立った夫と始めた雑貨屋を続けるのを条件に、店と財産を仮原に譲《ゆず》ると遺言書を寄こした。出会ってほんの一年足らず、やけに思い切った決断は婆さんが末期《まっき》の病に侵《おか》されていたからだった。

婆さんには、絶縁状態の息子が一人いた。そのことを結局最後まで口では語らないままだったけれど、仮原は知っていた。

婆さんの死を嗅《か》ぎつけると押しかけてきた、ろくでなしの息子。ボロだが立地はいい店だ。

売っぱらえば金になる。けれど、遺言書の効力は絶大で仮原の手に店は残った。

べつに仮原だって店を切り盛りしていくつもりはない。そもそも、ちまちまと物を売るのなんて性《しょう》に合わない。ただ、面倒臭《めんどうくさ》くともほとぼりが冷めるまで家は手放すわけにもいかなくなった。

「ちっ」

家の前に帰りつくと、小さく舌を打つ。下ろしたままの店のシャッターの前に人の姿がある。開店を待ち侘びる客などではない。白い布をかけた一人用とも呼べないような小さなテーブルに、折《お》り畳《たた》み椅子。店の軒下《のきした》の隅に陣取《じんど》り、勝手に居座っているのは占い師だ。

度々店の前に現われる中年男だった。

テーブルに置いた両手の下に、いつもなにかを持っているようだから水晶《すいしょう》占いとかかもしれない。

まぁ占いの内容なんてどうでもいい。それらしく紫紺《しこん》の長い布を体に巻きつけているが、よく見ればカーテンだ。どこかで拾うか盗むかしてきたのか、目元が完全に隠れるほどに伸びきった前髪と無精髭《ぶしょうひげ》が薄汚い、歓迎する要素などどこにもない男だった。

仮原はろくに目も向けず脇をすり抜け、隣のパチンコ屋との間に位置する裏手のドアを開けて家に戻った。

夕飯でも買いにいくかとまた家を出たのは、少ししてからだ。まだ店の前に男はいて、今度は珍しく客までもがいた。

制服姿の女子高生二人だった。

「えー、ホントに⁉ そういえば、こないだ話したとき、リョウくんアヤのお弁当美味《おい》しそうだって言ってた！ アレって、ちょっとアヤに興味あるってこと〜？」

「やったじゃん、アヤよかったねぇ！」

女子高生の占いへの関心など、八割がた恋愛関係。占い師はうっすらと無精髭の生《は》えた口元を動かし、ぼそりとした声で問う。

「ほかには？ なにか知りたいことはあるかい？」

「ん〜、どうしよっかな。じゃあ、ついでにあたしたちの仲も占って。ね、来年卒業してもアヤ、ミサキと親友でいられる？」

「えー、そんなこと言ってさ、あんた彼氏できたら速攻《そっこう》で付き合い悪くなったりするんじゃないの〜？」

「しないよぉ。リョウくんと付き合っても、アヤの一番の親友はミサキだもん」

おめでたいやら、バカバカしいやら。

「大丈夫だよ、君たちは。たとえ卒業して遠く離れ離れになっても、お互いを信じる心があれば問題はない」

同調するように応《こた》える占い師に、ミサキと呼ばれている少女の『声』が鋭く響く。

『バッカじゃないの。誰が友達よ！』

革ジャケットのポケットに家の鍵を突っ込みながら、仮原は冷めたその『声』を聞いた。戯れに一字一句違《たが》わずなぞって、言葉にしてみる。

「バッカじゃないの……誰が友達よ。アンタみたいなブス、リョウが相手にするとでも思ってんの〜」

二人が弾《はじ》かれたようにこちらを振り返り見る。

「って、考えてたりして。ああ、その子の本音ね。やめたほうがいいんじゃねぇの？ 怖い怖い、リョウくんはその大親友ちゃんがロックオン中だってさ」

仮原は笑わずにはおれなかった。指摘された少女の顔が見る見るうちに真っ赤になる。

「な、なによアンタ、いいかげんなこと言って……！」

「いいかげん？ どうだかねぇ、本当のところはお嬢ちゃんが一番よく判ってんだろ？」

「……アヤ、行こ！」

「え？ えっ？」

「最低、バカにしてる！ 占いなんてやるから変なのに絡《から》まれんのよ、ほら！」

バッグから取り出した財布を胸元に抱えていたアヤを押しやり、少女はその場を逃げるように去っていった。

「あ……」

後には、財布の行方を目で追って肩を落とした男が残る。

『コイツ、久しぶりの客に適当なことを！』

怒りに震える『声』に、仮原はくっと笑う。

「営業妨害《ぼうがい》しないでくれ」

「営業？　エセ占い師がよく言うよ。人んちの前で、嘘八百適当なことを並べてんじゃねぇよ」

反発してくるのかと思いきや、占い師は黙り込んだ。

「おや、びっくり。当たらないと自分でも判ってんだ？　へぇ、知っててやってんの。そういうの、なんていうか知ってるか？　『詐欺《さぎ》』っていうんだよ」

胸糞《むなくそ》悪い。

図星を突かれ、顔も心も真っ青《さお》。ろくに反応もできずにいる男を鼻で笑い、歩き出す。くだらない。聞こえないのをいいことに、どいつもこいつも口先ばかりで嘘ばかり。

この世界は泥《どろ》だ。

美しいものを求めるなど、汚泥《おでい》の中に砂金《さきん》を探すような愚《おろ》かな行為だ。

敷石の歩道を下りて通りを足早に過《よ》ぎりながら、ちらと占い師のほうを振り返った。男はこちらをじっと見ており、もう一度笑い飛ばそうとして仮原は表情を強張《こわば》らせた。

タイヤの軋《きし》むブレーキ音が響いた。少し離れた位置にある横断歩道の信号は、元々赤だ。はっとなって目を戻した車道に仮原が見たのは、いないとばかり思っていた車の姿だった。

迫《せま》るどころか、目の前にある銀色のボディ。全身の毛穴がぎゅっと縮《ちぢ》むのを感じた。

ぶつかる！

条件反射の足掻《あが》きだった。少しでも車から遠退《とおの》こうと引いた体は、そのまま次の瞬間には地面に転がっていた。硬い路面が尻や背を打ち、アスファルトの冷たいざらりとした感触を手のひらで覚える。

「大丈夫ですか？」

男が降りてきた。咄嗟《とっさ》に声も出せないでいる自分に近づいてくる。

ノーネクタイのワイシャツに、少しよれたコットン地のジャケットとパンツ。中年男かと思いきや意外と若かった。年は三十を過ぎた辺りか。見下ろしてくるぼさりとした冴《さ》えない黒髪の下の目は、どこか茫洋《ぼうよう》としていて捉《とら》えどころがない。

ゆったりとした動きといい、とろい口調といい、大して心配もしていないのだろうと思ったが、男は地面に両膝をつき覗き込んできた。

顔から足先まで、顔を近づけて確かめるように触れ、見回している。

『大丈夫？』

「君、大丈夫？」

『怪我は？　痛くない？』

「怪我は？　痛くないですか？」

『どうしよう、僕のせいだ』

「どうしよう、私のせいです」

歌を。

歌を聴いているみたいだと、仮原は思った。

車から降りてきた男は、のん気に歌を歌っている。

追唱《ついしょう》する言葉。まるで旋律《せんりつ》を纏《まと》ったように、その声は柔らかく耳に響く。『こういうのなんて言うんだっけ』と仮原はぼんやり考え、『ああ、カノンだ』とすぐに思い当たった。

小学生の頃、音楽の時間に皆でよく歌わされた輪唱《りんしょう》――

「なにやってんだ、あんた?」

「え、あ……すみません、すみません。私の不注意で……」

「そうじゃない。なんであんた……」

今、歌を歌ってたんだ。

そう言いかけて仮原は口を噤《つぐ》んだ。この状況でのん気に歌など歌う人間がいるはずもない。

ただの心の声だ。

ただ、心と言葉が同じ声。

「立てますか?　本当にすみません」

歌うような声と『声』を響かせ、男は仮原に向かって手を差し出す。

木枯《こが》らしの中触れた手に、何故《なぜ》だか仮原は夏の日の光景を思い出した。

最初の記憶。額《ひたい》に汗を浮かべながらも、しっかりと握り締めて離さなかったあの手を思い浮かべていた。


走り出した車の後部座席で、仮原は溜め息をついた。今頃コンビニで弁当でも選んでいるはずが、車に轢《ひ》かれかけたとあっては楽しいわけがない。

おまけに、面倒《めんどう》なことになったと思っているのは自分だけではなかった。

「病院なんて連れて行く必要あんのか？　足捻《ひね》っただけだろ？」

聞こえよがしに言ったのは、助手席の男だ。車には同乗者がいた。

「怪我は医者が判断することだし……彼が足が痛むって言ってる以上、連れて行く責任があるよ。あそこの総合病院なら前にゼミの子も急患《きゅうかん》で世話になってたから」

いくらか緊張した面持《おもも》ちの運転席の男の返事に、助手席の男は「責任ねぇ」と呟きながら、こちらを振り返って覗き込んできた。

派手な印象の男だ。これ見よがしに金をかけた感じのする服や時計は、雀荘で見かけるチンピラ的なケバケバしさに通じるものがある。

「なぁおまえ、本当に足痛いのか？　ぶつかってないだろう？　俺は見てたぞ。事故じゃない、おまえが車道に飛び出してきて勝手に転んだだけだ」

「は、原田《はらだ》！」

「なんだよ藤野《ふじの》、本当のことだろう？　コイツ、まさか当たり屋とかじゃないだろうな」

「はあ？　なんだって？」

聞き捨てならない。今もズキズキドクドクと忌々《いまいま》しく足首は鼓動《こどう》を打つように痛んでいる。でなきゃ、男に勧《すす》められたからといって、のこのこ他人の車に乗ったりはしない。

「原田、失礼だよ。触れてないとしても、僕の車が接近したせいで彼は驚いて転んだんだ」

「藤野、おまえなぁ……」

『こいつ、判らねぇ。相変わらず胡散臭《うさんくさ》い、気持ち悪い男だ』

親友ごっこの女子高生に負けず劣らず、親愛の欠片《かけら》もない男の心の声が聞こえた。

しかし、それには仮原も同感だ。

藤野とかいう男が判らないから気持ちが悪いのではなく、判るからこそ気持ちが悪い。

気味が悪いほど人がいい。男が善意で病院に向かっているのが、否応《いやおう》なしに仮原には判る。

咄嗟《とっさ》のときこそ人柄は表に出る。車から降りての対応などまぁ極《ごく》普通の人間なら当たり前にやっただろうが、男は心中にも迷いはなかった。自分の不運を嘆《なげ》く『声』が、少しも聞こえなかった。

でなきゃ、『歌』なんて歌えない。

表と裏、建前《たてまえ》と本音が同じ男。

天然記念物か。

奇妙な生き物にでも出会った気持ちで、仮原は運転席に覗く男の後頭部を凝視《ぎょうし》する。

車はやけに安全運転だ。事故を起こしかけたからではない。普段からそうであろうことは、仮原も免許は持っているから判る。良く言えば慎重、悪く言えば渋滞《じゅうたい》の先頭になりかねないタイプだ。

――こいつの運転じゃなかったら死んでたかもしれないな。

運がよかった、それだけは素直に思った。

「あーもう、赤かよ。道、混んできてんな」

『ああクソったれが。行けなくなっちまったじゃねぇかよ』

助手席の男は、苛々《いらいら》とした声で言う。人を当たり屋呼ばわりまでしてなにをそんなに焦《あせ》っているのか。

仮原は声をかけてみた。

「すいませんねぇ、今日はなんか俺のせいで。お二人、用事とかあったんじゃないんですか?」

「私は特には……ああ、そうだった。原田、さっきの話……ごめん、忘れるところだったよ」

「あ、ああ、俺も……彼のことでびっくりして忘れそうになってた」

『はっ、やっと思い出しやがったか』

気のない態度を装《よそお》いながらも、男の『声』は飛びつくように反応した。

「どうしよう、ＡＴＭなら遅くまで開いてるけど……銀行は来週でいいかな？　連絡するよ」

「ああ、悪いなぁ、久しぶりに会ってそんな話で。ありがとう、恩に着るよ。持つべきものは頼もしい友人だな。ははは、ちょっと調子がよすぎるか？」

確かに調子がいい。

『持つべきものは金持ちの友人、だな』

どうやらほっと胸を撫《な》で下《お》ろしている男の、弾む『声』に仮原はげんなりする。

――なんだ。

なんだ、そういうわけか。

呆れるしかない。男は金を借りる予定を自分のせいで忘れられそうになり、焦っていたのだ。

機嫌を取り戻した男の思考は、堰《せき》でも切ったみたいに車中に響き渡る。ギャンブル、借金、闇金《やみきん》の取り立て。単語が並んだだけでも経緯《けいい》の想像はつく、怠惰な暮らしの末に金の工面《くめん》に頭を悩ませる男の醜《みにく》い思考だった。

「ホント、すまない。まだ働き盛りとばかり思ってたのに、親父が倒れるなんて。あげくに事業の失敗で家は借金の抵当《ていとう》！　お袋もストレスで臥《ふ》せってるし、アニキはリストラにあって求職中ときた。どうして悪いことってこう立て続けに起こるかねぇ、はは」

よく言う。言い訳も不幸のフルコースだ。

しかし、運転席の男の疑う『声』は聞こえなかった。

「大変だね、原田。できることがあれば、協力させてもらうよ」

「藤野、恩に着る。必ず返す」

『ラッキー、しばらく消えるか。とりあえず、金返すために割りのいい仕事見つけて出張ってことにすれば、コイツのことだから返済なんて迫ってこないだろ』

雀荘の男たちも真っ青の悪党だ。

そのくせ続いた男の『声』に、仮原はうんざりして渋面《じゅうめん》になる。

『……悪く思うなよ、藤野。どうしようもないんだ、金が要《い》るんだ。俺だってこんなことしたくないんだ』

急にトーンの落ちた男の『声』。さっきまでの勢いはどこへやら、反省文でも書いているかのごとく、今度は自省《じせい》の言葉を並べ始める。

病院までの残り僅《わず》かの距離を、男はたっぷり懺悔《ざんげ》に費《つい》やした。やり過ごすことのできない『声』は、煩わしくとも纏わりつくように響き続ける。

「大丈夫ですか？　痛みがひどいですか？」

顰《しか》めた形相《ぎょうそう》に、運転席の男はバックミラー越しに心配げに声をかけてきた。

病院は車で十五分ほどの総合病院だった。

勝手知ったる我が家のような場所だ。雑貨屋の婆さんが最期《さいご》を迎えた病院で、入院生活の間に仮原は度々顔を出し、その後も顔馴染みを作ってはちょくちょく訪《おとず》れていた。

「あら、今週は来てくれなかったわねって、さっき磯田《いそだ》のおばあちゃんと話してたのよ。こんなとこでどうしたの？」

時間外外来の待合室に座っていると、看護師にまで声をかけられる。

「いや、今日はちょっとこっちで。カッコ悪いんだけど、派手に転んじゃってさ」

パンツの裾《すそ》をちょいと持ち上げ、ギプスの足を見せる。靭帯損傷《じんたいそんしょう》だ。散々《さんざん》待たされてやっと処置が終わり、今は会計を待っているところだった。

彼女が去ると、隣の男が問いかけてきた。

「この病院にはよく来られるんですか？　もしかして、どこか病気で？」

連れの借金男は、診療に時間がかかると判るや否や、もう用は終わったとばかりに先に帰った。

「いや、違う。仕事のようなものだよ」

「仕事？　この病院でお仕事なさってるんでしたか」

「ん、まぁ……」

仮原はそれ以上話を続けなかった。

続けようもない。『仕事のようなもの』と言ったのは、この病院には新しいカモを探しに来ているからだ。

婆さんの遺産を相続して判った。容易に金を手に入れるには老人はいいカモだ。

金持ちの年寄り。身寄りがなく、寂しい年寄り。すぐにぽっくり逝《い》きそうな奴がいい。といっても、今日明日で死なれても困る。先月親しくなった婆さんは理想的な天涯孤独《てんがいこどく》で、涙ながらに身の上を語ってきたりしていたのに、ある日病室に行ったらベッドがもぬけの殻だった。退院はないだろうとナースステーションで尋ねたら、夜中の発作で死んだらしい。

――そういえば、あの婆さんと話をしたのもこの椅子だ。

時間もちょうど今頃だった。人気《ひとけ》もほとんどなく静かで、目の前の壁の絵をぼんやり見ながら、止《と》め処《ど》ない話に付き合った。

壁にあるのは古めかしいモザイクタイルの嵌《は》め込《こ》みアートで、一羽の白い大きな鳥が羽を広げ、水面へ黒い足を伸ばしている。

その姿は、あるときは鳥が羽を休めようとしているところに見え、あるときは大空へ舞い上がろうとしているところに見えた。

『コハクチョウ』

隣から響いた声に、仮原ははっとなる。

「あんた、今……」

「はい？」

心の声だったのか。相手の唇を見ないでいると時々区別がつかない。

不思議そうな顔をされ、仮原は尋ねた。

「その鳥……なんだか判るか？」

「ああ、コハクチョウですよ。着水《ちゃくすい》するところでしょう」

「なんで降りてきたところだって判るんだ？」

「足の伸ばし方と重心《じゅうしん》です。飛び立つときは後ろに伸びますが、この鳥は前方に突き出してる。重心も後ろ寄りで、足から着水しようとしてます」

教師みたいな説明だなと思った。

「へぇ……そんなんで判るんだ？　先生みたいだな、あんた」

「大学で理学部に在籍《ざいせき》しています。すみません、ちゃんと自己紹介をしていませんでしたね。申し遅れました、藤野といいます」

男はジャケットのポケットから名刺入れを取り出し、仮原に差し出した。

藤野幸孝《ふじのゆきたか》。M大学理学部生物学科、准教授《じゅんきょうじゅ》。

ぼんやり顔で冴えない格好《かっこう》をしているが、それなりの仕事をしているらしい。確かに車は高級外車、借金の申し出をされるような男だった。

「あの、仮原さんでいいんですよね？」

「ああ、仮原眞也」

「今日はすみません。大変なことになってしまって……そうだ、今更ですが警察にも知らせないと。あれは私の前方不注意です」

「いいよ、面倒臭い」

「報告義務があります。事故の報告をしないのは、道路交通法違反なんです。扱《あつか》いによっては、ひき逃げに相応することも……」

どっちが被害者だ。生真面目《きまじめ》にも頭を巡らせている男に思わず噴き出す。

「ひき逃げ？　面白いこと言うね。俺は目の前にいるのに？　俺が転んだところにあんたの車がきて止まった、それでいいだろ。あんたは親切に俺を助けて病院に連れてきてくれたヒーローってわけだ」

「そ、そんな……」

「とにかく、放っておいてくれよ。この上、警察で時間食われるのはごめんだからさ」

はぁっと短い溜め息をつく。男から顔を背《そむ》けかけた仮原は、響いた声に視線を戻した。

『でも、悪いのは私だ』

「でも、悪いのは私です」

肩を落とした男は、足元を覗き込むようにして呟く。

まただ。輪唱のように、声と『声』が聞こえる。

言葉がずれて聞こえるのは、男が考えているからだ。思いつきで言葉を発しているのではなく、考えてもなお本心から悔《く》やんでいるからだ。

「……バカだな、あんた」

ずるりと腰をずらし、長椅子の背凭《せもた》れに深く体を預けた。

自分でも思いがけない言葉が口をついて出る。

「そんなことより、自分の心配でもしたらどうだ？」

「え……？」

「騙《だま》されてるぞ。さっきの男、あいつ金借りても返す気なんかないし、勝手に首が回らなくなってるだけだし…………してただろう、車ん中で金の話」

二人ははっきりと「金」と口に出してはいなかった。けれど、推測《すいそく》されてもおかしくない内容だったと思ったに違いない。男は気まずそうな反応を見せる。

「話を聞かれてましたか。でも……どうしてそんな具体的に判るんですか？」

「勘《かん》がいいんだ、俺は。借金はギャンブルで作ったもんじゃないのかなぁ……闇スロとか？あれは手ぇ出したらおしまいだ」

車内で聞いた『声』を思い出し、仮原は告げる。なんだって無関係の男に、親切丁寧に教えてやってるんだと思ったけれど、滑《すべ》り出《だ》した言葉は止まらない。

男は冷静に聞いていた。少しは驚いてみせるかと思えばからっきしで、それどころかぽつりと口にした。

「知ってます」

「……は？」

「知ってるっていうか、そうかなと思ってただけですけど。たぶんあなたの推測は当たってますよ。彼は昔から賭《か》け事《ごと》が好きでしたから」

驚いたのはこっちだった。

あの男をあれこれ疑おうとしなかったのは、最初から真実を知っていたからなのか。

だったら、どうして――

「学生時代の同級生なんです。彼は……ルーズなところがありますけど、悪い人間じゃないんですよ。プライドの高い人だから、私にお金を貸してほしいと言うのも勇気がいっただろうし……返せないのも、きっと良心が痛むだろうと思います」

途中から、憑《つ》きものでも落ちたみたいに詫《わ》びていた男を思い出す。

「……そんなこと俺だって判ってる」

低い声が出た。あの男の『反省』を車中で聞かされた瞬間と同じで、神経が逆撫《さかな》でられるのを感じた。体の中を、ぞろぞろとなにかが這い回っているみたいに気持ちが悪い。

――なんだ、こいつ。

性善説《せいぜんせつ》か。判った風な口を利《き》く。

そんなことは気づいてる。

今日誰かを騙《だま》した人間が、世界中の人間を欺《あざむ》いて生きているわけじゃない。今日誰かを傷つけた人間が、生涯《しょうがい》誰も助けないわけじゃない。

人には二面性がある。悪意を覚えるときもあれば、善意に満ちるときもある。

二十五年、『声』を耳にしてきた。

そんなもの、何度も耳にしてきた。

長椅子にだらりと体を預け、ビニールの床に痛む足を投げ出すように座ったまま、仮原は待合室の隅に目を留める。明かりの半分落とされた待合室の奥で、ジュースの自販機が眩《まばゆ》く光っている。

『しーちゃん、ごめんね』

思い出したくもない血の繋がった女の記憶が蘇《よみがえ》り、自然と表情が険《けわ》しくなる。

反省してる。悪かった。そんな気持ちを抱《いだ》くだけで許されるつもりか。

奴らはただ頭の中に善意をチラつかせ、年がら年中自分を納得させているだけだ。

くだらない。

「仮原さん、お待たせしました」

受付のほうから声が聞こえた。いつの間にか仮原は自販機を睨《にら》み据《す》えていた。眉間《みけん》に深い皺《しわ》を刻《きざ》んだ自分を、隣の男がいぶかしんで見ている。

医者に出された松葉杖《まつばづえ》を手に立ち上がろうとすると、押し留められた。

「座っててください、治療費は私が出します」

返事も聞かずに男は会計に向かう。

今まで散々待たされたわりに、会計はものの数分で終わって戻ってきた。当然のように帰りも送ると言い出され、断わる理由もないので車にまた乗ることになる。

「しばらく通うことになりそうですね。あの、治療費は纏めて請求してください」

こちらが求めてもいないのに、完治《かんち》するまで払うつもりらしい。バカもいいところだ。警察に行っていないから、自賠責《じばいせき》保険も下りないのは判って言ってるんだろうか。金持ち争わずってやつか？

走り出した車の中でも、とっとと縁を切るどころか、自分に関ろうとしてくる。

「えっと、さっき病院には仕事で来てるって言ってましたけど、お仕事のついでに診《み》てもらえるんでしょうか？　だったら、ちょっとは通う手間が省《はぶ》けますね。あ、この道は私も毎朝大学まで通ってる道なので、なんなら朝は病院まで送りましょうか？　時間が合えばってことになりますけど……」

なんだこいつ、とやっぱり思う。上面《うわつら》の言葉でないのが判るだけに、どう反応したらいいのかまごつく。

仮原は生返事だった。窓に頭を預けていると、眠ってしまったとでも思ったのか男も喋《しゃべ》らなくなる。

けれど、会話はなくとも、人が傍《そば》にいるかぎり無音にはならない。

仮原の前では、男も女も大人も子供も心の声は垂《た》れ流《なが》し。ほかになんの刺激もなく隣に座っていると、興味はなくとも男の心の声は耳に入ってくる。

まるでカーラジオのように、車中に響くその『声』。嫌な感じの『声』は聞こえてこず、自分に対しては心配する言葉ばかりが並ぶ。

妙に苛立つ。

正直、出会ったことのないタイプの男だった。

「そこの角を曲がってくれ」

突然言葉を発した仮原に、男は驚いて息を飲む。

「あ、はい」

「次の角を左だ。そこは真《ま》っ直《す》ぐ……ここでいい。俺の家は、それなんだ」

「それ……すごく立派なマンションですね。入口はこっちでいいんですか？　部屋まで送りましょうか？」

「いい。ここで充分だ。ありがとう、助かった」

仮原はドアを開くと松葉杖を路上に突き出した。場所は、実際の家からは裏手に当たる。住宅街にだいぶ入ったところで、静かな通りに建っている、この辺りでは一番高そうな瀟洒《しょうしゃ》なマンションだ。

見栄を張ったわけじゃない。安心させるためだ。

小金なんて興味がない。ヘタに治療費を受け取って、あの借金男に『やっぱり当たり屋だった』と言われようものなら胸糞悪い。そう思っていたのに、黙って赤の他人に戻ってやるのも癪《しゃく》な気がしてきた。

「はっ、怪我が治るまで付き合ってやるさ……」

せいぜい治療費でもなんでもふんだくってやる。

仮原は、車が走り去るのを見届けて歩き出した。

なにがそんなに面白くないのか。心がさざめく理由がよく判らない。

足が痛む。ズキズキ痛む。きっとそのせいだ。

腹も減ったし、気分は最悪。ようやく家の前に辿《たど》り着《つ》き、腕の時計を見るともう八時過ぎだった。

店の軒下にはまだ占い師がいた。

「雑貨屋、あんた大丈夫だったのか？」

目障《めざわ》りな男は無視しようと思ったのに、鍵を探してポケットを探っていると、煩わしいことに声をかけてきた。

『派手に転んでたけど、まさか折れてるのか？』

同時に聞こえた『声』が、ひどく癇《かん》に障《さわ》る。自分が車にぶつかりそうになって無様にすっ転んだのも、一部始終を見られていたのだ。

「失せろ、警察呼ぶぞ」

「は？」

「こっから消えろ。店畳《たた》めって言ってんだよ、勝手に人んちの前で営業してんじゃないぞ」

振り上げるように動かした松葉杖が、小さな机を掠《かす》めて揺らす。占い師は「ひっ」と仰《の》け反《ぞ》りながらも、手元の水晶だかなんだかの商売道具は庇《かば》うようにする。

「ここで営業していいとサエさんに言われた」

「俺は許可してない。婆さんはもう死んだ」

「お、おまえはどうなんだ？　ちっとも店を開けてないじゃないか。サエさんは遺言に店を営業してくれって言ってたんだろう？　夕方客も来てたぞ、いつになったら開くんだって俺に訊《き》いてきた」

「おまえには関係ないことだ。とっとと失せろ。出なきゃ、家まで失うことになるぞ」

「家」の言葉に、占い師はびくりと体を強張らせた。

『まさか、こいつ……』

「知ってるぞ、おまえ三丁目の橋の下に住んでるだろう？　不法占拠《ふほうせんきょ》か？　ダンボールだかベニヤ板だかで家こしらえてさぁ」

たまたま通りかかったときに見かけた。汚い犬小屋みたいな家が並んでると思ったら、こいつがすぐ傍でお仲間と焚《た》き火《び》をして暖《だん》を取っていた。

ようは立派なホームレスの中年オヤジだ。

「や、やめてくれ……」

『みんなに迷惑がかかる』

「ああ、あそこ追い払われたら、アンタだけの問題じゃないか。通報されたらお仲間にも恨まれるだろうな」

つまらない憂《う》さ晴《ば》らしを思いついた。

「土下座しろ」

「……は？」

「土下座して頼めよ。通報しないでください、ここで営業させてくださいってさ」

『嫌だ、冗談じゃない』

即答する『声』に苦笑する。

「はっ、プライドじゃ飯は食えねぇよ？　ほら、さっさとしろよ、気が変わって通報しちゃうかもよ？」

そう待たずに占い師は行動した。自分の足元にひれ伏す男に、たまたま歩道を通りかかったカップルがぎょっとした目を向けてくる。

ここから移動したくないのだろう。斜向かいにあるバス停のおかげで、まだ時間潰しの客をどうにか得られる。

「……お願い……します、ここに置いてください」

『……くそっ、くそっ。悔しい、悔しい！』

「バーカ、最初っからそうやってお願いすりゃよかったんだよ」

男が心で自分を呪《のろ》えば呪うほどおかしかった。

頭を踏みつけてやりたい気がしたけれど、傷害《しょうがい》になると思ってやめた。言っちゃなんだが、一度も犯罪を犯《おか》したことはない。賭け麻雀で一人勝ちしようが、老人から遺産を巻き上げようが、心の声を聞くという自分の行為は「悪」ではない。

自分を認めないこの世界の法に、自分を裁《さば》くことはできない。

仮原は笑った。最初はただ普通に笑っていたけれど、それだけじゃ足りていない気がしてギャハハとわざと下卑《げび》た声を立てて爆笑した。

「お、おまえ……頭おかしいんじゃないのか？」

厚く下りたぼさぼさの髪の間から、不安げに仰ぐ占い師の眼差しを感じ、また面白くなった。

仮原は芝居がかった仕草で、肩を竦《すく》めて言った。

「だってしょうがないだろう、可笑《おか》しいんだから」

藤野《ふじの》から電話が入ったのは、翌日の日曜の夜だった。

せいぜい振り回してやれ。そんな気分で朝の比較的早い時間を指定したのに、寝坊して焦《あせ》ったのも、眠たい目を擦《こす》りながら家を出たのも自分だった。

病院に顔を出しているといっても、基本が気ままな暮らしだ。早起きの習慣は仮原《かりはら》にはない。眠い。体がだるい。おまけに嘘のせいでマンションまでまた松葉杖《まつばづえ》だ。

「おはようございます」

とうにマンション前の路地に到着していた車の中から、藤野はわざわざ降りて声をかけてきた。

「ああ、おはよう。悪い、遅れてしまって。ちょっと、ゴミを捨てに行ってたんだ」

仮原が姿を現わしたのは、エントランスではなく、裏手の駐車場のほうからだ。言い訳がましい説明をするも、藤野はさして気にした様子もなく、助手席のドアを開けたりと世話を焼いてきた。

「足、あれから大丈夫でしたか？　痛んだりしませんでしたか？」

「ああ……まぁ、無理に歩いたりしなければ」

天気のいい朝だ。車に乗り込んでも、健康的な朝の日差しはフロントガラス越しに降《ふ》り注《そそ》ぐ。まだ街路樹《がいろじゅ》が色づくには早い時期だが、初秋の爽《さわ》やかさを感じる、不本意ながら快適なドライブだった。

「いい車だな」

ふっと気が抜けたように口にした。

「え、あ……そうですか？　知り合いのお下がりです。私はあまり車には興味がなくて」

藤野はどことなく気恥ずかしげに言う。

納得だ。誰もが知るエンブレムの外車だが、この男にはまるで似合っていない。

「まぁこういう車は丈夫も取り柄《とりえ》だろうし、お下がり上等かもな。考えてみれば、金に物言わせてコロコロ新車に乗り換えるってのは使い方間違ってるし？」

「そうですか？　はは、そんな風に考えたことはありませんでした。学生たちにはオヤジ臭い車だって言われてるみたいですけど」

戸惑ったように笑う。笑顔を見せるとふにゃりと目尻が下がって、その横顔はやや童顔になる。

「あんたさ、今日平気なのか？　俺寝坊しちゃったけど、大学間に合うのか？」

「あ、ええ、まだ充分間に合いますし、今日は午前中は授業もありませんから」

「へぇ、准教授《じゅんきょうじゅ》ってやっぱ学生に講義したりするんだ？　若いのにすごいな」

「若くないですよ？」

「若いだろ。藤野さん、いくつなの？」

「三十一です。准教授には今年なったばかりですし、理系の場合、優秀な人間は二十代でなることもあります。あの、仮原さんはおいくつなんですか?」

「三十五」

ぶっきらぼうに応《こた》えると、相手は一瞬押し黙る。藤野が驚いているのが判った。服装のせいで仮原は年より若く見られがちで、またそれかと思えば違っていた。

「へぇ珍しいな、あんた俺がもっと年齢いってるかと思ったんだ?」

「あ……すみません。雰囲気はとても若くていらっしゃるんですけど、随分泰然《ずいぶんたいぜん》とした方だなと思ってたので。私の見ている学生たちはもっと……こう、落ち着きがないといいますか……仮原さんって、本当にすごく察しがいいですね。どうして私が年齢をもっと上じゃないかと思ったことまで判るんですか?」

「ん? まぁ、そりゃあ藤野さんの心の声が聞こえてたらね」

仮原はさらりと言う。信号で停車した車の中で、藤野はぐいと引っ張られでもしたみたいにこちらを見た。

「……え?」

「俺はね、生まれたときから人の心の声が聞こえるんだよ」

どうせ誰も本気にしやしない。子供の頃、医者の前で切々《せつせつ》と訴《うった》えたときも相手にされなかった。母親でさえ信じようとしなかったぐらいだ。

藤野は沈黙した。

「……心の声、ですか？」

本気で動揺しているのが判る。ようやく言葉を発してもそれは隠し切れず、フロントガラスの向こうでは、前を走る車の尻が遠ざかって行く。

「信号、青」

「あ……す、すみません」

思わずこっちまで落ち着きを失う。

「……なに、普通に驚いてんだ。冗談に決まってるだろう？」

「冗談……ですか。そうですよね。すみません、ちょっとそういう可能性もあるのかなと思ってしまったんで」

「は？」

普通、可能性なんて微塵《みじん》も考えないだろう。

「あんた、俺が自己紹介で宇宙人だって言っても信じんのか？」

仮原は溜め息をつく。少しは反論するなり、くだらないことを言うなと不愉快な顔をするなりすればいいのに。妙な素直さに当てられる度《たび》にバカにでもされている気分だ。

藤野にそのつもりがないのが判るだけに腹が立つ。

「俺は……仕事がカウンセラーみたいなもんだから、人のことはよく判るんだよ」

「カウンセラー？　臨床心理士《りんしょう》ですか？」

「そんな大層《たいそう》なもんじゃない。年寄りの話聞いてやって、喜ばすのが仕事さ。ほら、海外の病院とかによくいるだろ、院内をうろついてる犬とか」

「セラピードッグのことですか？」

「そうそう、そんな感じでうろうろしてジジババの機嫌を取るんだよ」

機嫌を取って、心を開かせ、金をせしめる。

老《お》い先《さき》の短い人間を騙《だま》し、奪い取って——

「なるほど、人のためになるお仕事ですね」

適当なことを言ってるのが判らないのか。

運転席を見る。頷いている男の顔に、どうにも腹が立ってならなかった。


十日が過ぎても、藤野は律儀《りちぎ》に毎朝迎えにきていた。

会話をする日もあったが、ほとんど言葉を交わさない日のほうが多かった。話をしても苛立《いらだ》つだけだと、仮原が素気無《すげな》い態度に出たのもある。ほんの短い時間、朝のラッシュでも二十分ほどの距離は、ぼんやりしていればすぐに着く。

そのまま眠ってしまうこともあった。

藤野が子守唄を聞かせるからだ。渋滞の区間、信号待ちの車中、カーラジオよろしく流れる藤野の思考は仕事についてばかり。昨晩の実験結果の反復、残された課題の整理に、講義の内容確認——仕事熱心なのは結構だが、仮原にとっては眠気を誘う子守唄でしかなかった。

少しはほかに考えることはないのか。

色気がまるでない。大学の研究室とやらに女がいるのかいないのかさえ判らない。やりたい盛りの十代とまではいかなくとも、まだ三十代なのだからもう少し色事に関心があってもよさそうなものを。

おかげで今日も助手席で仮原は大欠伸《おおあくび》だ。『まさかこの年で童貞じゃないだろうな?』なんてふと隣を見ると、寝癖《ねぐせ》のついた後ろ髪が目に飛び込んできた。昨日の実験の成果が芳《かんば》しくなかったようで、落ち込みから一層《いっそう》思考が仕事に占拠《せんきょ》されている男は、よく見ればジャケット下のシャツのボタンまで段違いだ。

こんなでは学生にも舐《な》められ、陰口《かげぐち》を叩かれていそうだ。

悩んでいないところをみると、どうせそれさえ気づかないのだろうけれど。

「あんた、変な人だよな」

今朝は崩れた天気のせいで、外はしとしとと雨が降っていた。雨粒を掃《は》くワイパーの動きを見るともなしに眺め、仮原は呟くように言う。

「え?」

「なぁ、研究者ってのはそうやっていつもあれこれ考えてばっかりなのか？」

「考える？　あ……そんなに上《うわ》の空《そら》に見えましたか？　普通に運転してるつもりだったんですが……」

運転に集中していないと指摘されたとでも思ったのだろう。それともいつも研究のことばかり考えている自覚はあったのか、少しすまなそうな声になる。

「子供の頃から、余計なことばっかり考えてしまうところがあって……そういえば親にもよく注意されてました」

「余計って？　どんな？」

「なんでも疑問を覚えてしまって、ああでもないこうでもないと……それが、どうやら人には屁理屈《へりくつ》っぽいらしいというか、いつもタイミングも悪くて……今風に言うと、『空気が読めない』って言うんでしょうか。こないだの……仮原さんの冗談も、真に受けてしまってすみませんでした」

「冗談？　ああ……心の声ね」

「性分《しょうぶん》で、なんでも可能性を即座に否定してしまってはいけないような気がして……すみません」

まただ。可能性なんて言葉を藤野は使う。

今までそんな奴はいなかった。

子供の頃、医者や大人が興味を示すのは、仮原が聞いている『声』ではなく、どうしてそのような虚言《きょげん》を仮原がしてしまうかという点についてだった。

窓に向かい、仮原はふっと笑う。曇《くも》りガラスの向こうは、退屈《たいくつ》な景色が流れるばかり。欠伸をしているよりはましだと、尋ねてみる。

「な、可能性があるって考えたら？　どういう理屈で、心の声は聞こえんの？」

誰も答えを探そうとはしなかった。仮原にとっては、むしろ聞こえないでいることのほうが不思議なぐらいなのにだ。

「どういうって……」

毎日毎日、飽きもせずに訳《わけ》の判らない理論を追求している男も一瞬返事に窮《きゅう》する。けれど、すぐに口を開いていつもの淡々とした調子で話し始めた。

「そうですね、声は……言葉という記号を伝えるものです。たとえば、何故《なぜ》ヒトだけが複雑な言語を操《あやつ》り、会話をするかということに注目してはどうでしょう？　曖昧《あいまい》なものを曖昧に伝えることができないから、人は言語を必要とするようになったわけですから」

「曖昧なものって？」

「イメージです。赤い林檎《りんご》を思い浮かべて、その形も色もそのままに心で伝え合えれば、物を名づける必要性はさほどなかったはずです。実際、ほかの生き物は言語を操らない……ヒト以外の動物は、基本的に言葉によるコミュニケーションを必要としていません」

「は……あんた、犬猫が心を読み合ってるっての？　人間が畜生《ちくしょう》にも劣《おと》るって？」

「ヒトは生物の頂点になんか立っていませんよ。身体能力からいえば、非常に脆弱《ぜいじゃく》な生き物です。ヒトは脳が突出して進化してますから、エネルギー配分の関係上、代わりに不要になった器官がどんどん退化《たいか》してたっておかしくありません」

藤野の喋《しゃべ》りはとろくさいせいで、仮原にも話は飲み込めた。

「クロマニヨン人だか、アウストラロなんたらだのは聞こえてたかもって話ね。じゃあ、もし退化で聞こえなくなったとして……今この瞬間、俺だけが聞こえるとしたならそれはなんなわけ？」

「退化しても体に残っているものはいくつもあります。たとえば……耳動筋《じどうきん》とか。犬や猫が耳をひくひくさせたり、角度を変えたりするでしょう？　人間にも同じ筋肉があります。今は普通の人は機能しませんが、中にはまだ動かすことのできる人もいます」

人の心の声を聞くのは、耳を動かしているようなものだってか。

やけに陳腐《ちんぷ》な話だが、それゆえに仮原はうっかり納得してもいいような気分になった。べつに特別な感覚ではないのだ。自分にとっては、耳どころか鼻をひくつかせるより普通の状況でしかない。

「ですが……もしもヒトだけが心通じ合えない生き物だとしたら、随分と寂しい話ですね」

「……寂しい？　聞こえないほうが、楽しいに決まってるだろ」

「そうでしょうか？　まぁ実際にはイメージを投射《とうしゃ》し合う器官なんて、動物にも見つかってませんから……単なる空想ですね。あ……すみません、変な話になってしまいましたか」

自分から振っておきながら、まるで不貞腐《ふてくさ》れでもしたみたいに窓の向こうに視線を戻す仮原に、男は慌てたように添える。

「いや、べつに。面白い空想だよ」

面白いと思ったのは、事実だ。

変な男だ。子供時代からこんなでは、家でも学校でも浮いただろう。今だって、朝っぱらからこんな話を真顔でされては普通の人間は引く。

けれど、やっぱり初めてだ。ある意味自分と同じ、浮いた男。

真に受けて可能性を探る男。

車が速度を落とす。国道から脇道にそれると、いつものスロープを上り、広い病院の駐車場へと入っていく。外来も利用できるガラス戸の裏口近くへ車を停め、藤野はフロントガラス越しに雨模様の空を仰《あお》いだ。

「傘、私が差しましょうか？　雨で足元が大変ですよね」

「いい、そこまでだ」

最初は不便を感じていた松葉杖も、今は慣れたものだ。仮原はドアを開けると、ぬっとアルミ製の松葉杖を表に突き出す。

降りようとして、藤野のほうを見た。雨を気にしている男の『声』が聞こえたからだが、目を留めたのはほとんど無表情の顔ではなく、ボタンのずれたワイシャツだった。

「仮原さん、なにか……？」

「あんたさ、そんなんじゃ学生に舐められるぞ」

なんの気紛《きまぐ》れだったのか。捻《ひね》りかけた身を戻すと、仮原は鈍《にぶ》い反応の男のシャツの胸元に手を伸ばした。

「ボタン、変になってる」

「ああ……」

「どっからズレてんだ、これ……」

流行《はや》らない感じのする、白地に水色の細いストライプのシャツだった。首元はきちんと止められており、三番目辺りが不自然によれて肌が覗《のぞ》けるほど開いている。

「あーあ、一番下からじゃん」

仮原は無造作にボタンを外し始めた。スラックスからシャツの裾《すそ》を引き出すと、されるがままだった男がうろたえる。

「あ、あの……いいです、自分でっ。自分でしますから……」

『こんな……恥ずかしい』

焦る『声』。恥じらうほどのことだろうか。むしろ藤野のようなマイペースなタイプは、他人の目を気にせず羞恥心《しゅうちしん》が欠如《けつじょ》していたっておかしくないくらいなのに。

母親にでも世話を焼かれている気分か。いい大人が恥ずかしいというのなら、まぁ頷ける。

妙に意識しまくり、肌の露出《ろしゅつ》も嫌がる『声』に、仮原は嗜虐心《しぎゃくしん》でも刺激されたみたいにゆっくりとシャツのボタンを外し続けた。

ちょっとした嫌がらせだ。

藤野の体は思った以上に白い。肌理《きめ》は細かいようで、滑《なめ》らかに見える。じっと見入ればますます男の動揺は激しくなり、波打つように体がうねった。

『あ……』

胸元が苦しげに迫《せ》り上《あ》がり、腹が凹《へこ》む。藤野の異常な緊張が伝わってきて、ベルトの縁《ふち》にひょっこり覗いたヘソに、見てはいけないものを見たような気分になった。

『どうしよう。変な反応だ。気づかれたかもしれない』

仮原は首を捻った。

「……なにが？」

藤野の『声』に感じる違和感。チラつきながらも、はっきりと認識することのできないその感情の揺れと理由に、尋ねずにはいられなかった。

「あんた……なに怯《おび》えてんの？　俺がなんに気づいたと思ってんの？」

藤野は瞠目《どうもく》した。ストレートな問い、不自然過ぎる言葉。驚かせ過ぎたかと思えばそうでは

なかった。

仮原は、問いの答えを耳にした。

そして、同じく目を見開かせた。

「へぇ……そうなの？　あんたって、ゲイなんだ？」

見つめ合ったのはほんの一瞬だった。藤野は後頭部に重石《おもし》でも乗せられたみたいに、じわりと顔を俯《うつむ》かせた。伸び加減の髪の間から覗く耳が、みるみるうちに赤らんでいく。

「すみません」

仮原がぼんやり握り締めたままのシャツを、引《ひ》っ手繰《たく》るように男は奪った。その突然で思いがけない力強さとは裏腹に、声は消え入りそうに小さかった。

「いや、べつに俺に謝られても……」

「もう、結構ですから」

急《せ》かされ、車を降りる。そんな風に追い出される謂《いわ》れはないと気づいたのは、ひやりと冷たい秋の雨が顔を打ち始めてからだった。

傘を差すのも待たないまま、車は動き出す。いつもは気持ち悪いほど丁寧で、自分がガラス戸を潜《くぐ》るまで様子を確認しているくせに。

なんとなく不愉快な気分で振り返ると、すぐ傍《そば》にできていた水溜《みずたま》りを車の後輪《こうりん》が跳ね上げた。びしゃりと足元に注《そそ》いだ水飛沫《みずしぶき》に、仮原は呆然となった。

朝日が眩《まぶ》しい。

歩道に立つ仮原は、苛々と松葉杖で縁石《えんせき》の角《かど》を叩いた。昨日の雨は嘘のように晴れ渡ったはいいが、藤野の車が迎えに来ない。まだ約束の時間は十分程度しか過ぎていないものの、普段は早めに来る藤野なだけに、先にマンション前に到着してしまった仮原は待ちぼうけの感が強い。

——来ないつもりかもしれないな。

昨日の態度にそう思う。

べつにゲイだからといって、仮原はどうとも感じていなかった。珍しくもない。好き好んで関ろうとはしないだけで、そういう性的嗜好《しこう》の人間は街を歩いていればいくらでも出くわす。もっと反吐《へど》の出そうな性癖の人間だっている。澄まし顔でみんな歩いているから、誰も気がつかないでいるだけだ。

「……小心者が。来ないなら連絡ぐらい寄こせ」

毒づいていると、角を曲がってくる車の姿が見えた。

「すみません、遅くなってしまって！　事故があったみたいで、道がいつもより混んでたもので」

助手席のドアを開けると、すぐさま男は詫《わ》びてくる。言い訳かと思ったけれど、どうやら本当だった。

「べつに。そんなに待ってない」

肩透かしの気分に、責めるはずが勢いをなくす。

『来ないかと思った。彼は気にしてないんだろうか？　昨日のこと』

気に病《や》む『声』。藤野のほうも同じく自分が避けるだろうと踏んでいたらしい。

「あの、今日はいい天気になりましたね。昨日は一日中降り止《や》まなかったから、てっきり今日も……」

ぎこちなさの極《きわ》みだ。シートに収まる仮原に、藤野は無意味に天気の話題を始め、その瞬間珍しいことに携帯電話が鳴った。

藤野のものだ。

「ああ、えっと……」

「出れば？　俺はべつに急がないし」

「すみません。すぐ済ませます」

狭い車内では、潜《ひそ》めたところで声は伝わってくる。仕事の電話かと思えば、違っていた。なにかパーティのようなものの急な誘いのようで、藤野は了承するとすぐに電話を切った。

そんな交友関係を持っているだなんて意外だ。

「ふうん、友達？」

「ええ、まぁ」

「もしかして、彼氏？」

バツの悪そうな、それでいて責めるような眼差《まなざ》しがちらとこちらを見る。シフトレバーに手をかけた藤野は、車をスタートさせながら観念したように応えた。

「いえ、私には恋人はいませんので。単なる友人ですよ。店をやっているんですが、イベントがあるのに客足が伸び悩んで困っているみたいで、来てほしいと……」

「店？　ゲイバーとか？」

藤野は返事に窮する。当たっていた。

いちいち困っている様子がおかしい。どうせなにもかも伝わっているとも知らず、焦っている姿に、もっと探ってやりたい気分になる。

「そうなんだ……へぇ、俺もちょっと行ってみたいな。連れて行ってくれる？」

「え？」

「そういう店、行ったことないんだ。どんな感じ？　客も店員もみんな男なんだよな？　店内でもイチャイチャすんの？　それとも、普通のバーみたいに大人しいの？」

わざと下世話《げせわ》に訊いてみる。いつも平静で凪《な》いだ男の心が、ことこの手の話になると動揺する。

眉を顰《ひそ》める藤野の反応は、望んだとおりだった。

「仮原さんは同性愛者ではないでしょう？」

「興味あるってだけじゃダメ？　俺だって判らないよ、まだ二十五だし。後から自分がゲイだって気づいて目覚める人もいるって聞くけど？」

「そういう方も珍しくはありませんが……私は先天的といいますか、最初から女性には興味がないので、その気持ちは理解できません」

「そうなんだ……」

藤野が拒否しようとしているのが判る。お断わりときっぱり言われてしまえばそれまでだけれど、仮原には奥の手が残されていた。

「ずっとどこにも遊びに行けなかったんだ。あと少しでやっとこれもいらなくなるしさ。景気づけに、ぱあっとこう……ドキドキするような楽しい場所に行ってみたいんだけどなぁ」

ドアとシートの間に立てかけるように置いた松葉杖を撫《な》でてみる。

「そんな刺激的なところじゃありませんよ」

「でも、オトモダチも盛り上がらなくて困ってるんだろ？」

自分が行っても店の損にはならないはずだ。

しつこく食い下がると、藤野は交差点で信号停車したところで、こちらを真《ま》っ直《す》ぐに見つめてきた。困惑を残しつつも言う。

「仮原さん、気を悪くする人もいるんで、ノーマルなのは黙っててくださいね」

「連れて行ってくれるの？　ホントに？　嬉しいなぁ、藤野さん。約束だよ？　そういえば、毎日顔合わせることになっちゃったけど、普通に一緒に出かけるのは初めてだね」

わざとらしくも声を弾《はず》ませる。

その間もずっと藤野は自分を怪訝《けげん》な眼差しで見ていた。

「変な感じです。仮原さんは……私のことが嫌いなんだろうと思ってました」

「どうして？」

「私は冗談も判らない男ですし、あなたの態度も……好意的には見えなかった。なのに、その……ゲイなのを知られてしまって、ますます嫌がられただろうと思ってたんですが」

「……べつに」

べつに、今も好意なんて持っていない。

知りたがるのは面白そうだからだ。そもそも、この男に付き合ってるのは意趣返《いしゅがえ》しのはずだ。油断させて示談金《じだんきん》をふんだくるのも、『秘密』をネタにからかうのもいい。

そのために毎朝――

毎朝、朝日も眩しい時刻に起き出し、病院まで短い距離をドライブしているのか。

病院には新しいカモ候補の老人が数人いるが、検査だリハビリだと慌《あわただ》しい午前中は捕まらないことも多い。

目的を完全に見失っている。
そんな言葉がうっかり頭に浮かびそうになった。

藤野《ふじの》の友人の店のパーティとやらは、数日後の金曜日だった。大学の仕事が終わる時間に合わせ、連れ立って店に向かった。

「三周年パーティなのよぉ。盛り上がらないと格好《かっこう》がつかないじゃない？」

カウンターで注文したドリンクを待っていると、店のマスターだかママだか判《わか》らないオトモダチが話しかけてくる。

化粧はしてないようだが、どう見ても男……いや、オッサンの顔から発せられる女言葉に、仮原《かりはら》は思わずその顔をまじまじと見ずにはいられなかった。相手が自分を値踏《ねぶ》みしているから余計にだ。

『若いわねぇ。ハンサムじゃないの。こういう顔の子はアレも大きいのよね、食ってみたいタイプだわぁ』

早速《さっそく》ホモの洗礼《せんれい》か。どこからツッコミを覚えていいのか判らない。おまけに、品定《しなさだ》めに余念《よねん》がなくとも鋭《するど》い男だ。

「うちはさぁ、べつにヘテロお断りじゃないけどね。どうしたの、こんな年下のフツウのお友達なんて……まさか、ユキちゃんとこの学生さんじゃないでしょうね？」

「まさか。彼は、私が車で……」

「友人だよ、ただの」

仮原はさっくり言い切った。いちいち興味を持たれるのも面倒臭《めんどうくさ》い。グラスが出てくるや否《いな》や、藤野を肘《ひじ》で小突《こづ》いて立ち上がるよう促《うなが》す。

「藤野さん、あっちテーブル空《あ》いてるよ」

「あ、ああ、はい」

そのままカウンターで過ごそうとしていた男は、急《せ》かされるまま仮原と共に奥のテーブル席に移動した。

店はそう広くはないが、狭くもない。酒を飲むにはちょうどいい落ち着き具合で、電話攻勢が功《こう》を奏《そう》したのかまだ八時前にしては客の入りもまずまずだ。

「仮原さん、足は大丈夫なんですか？」

藤野はテーブル下の仮原の足を気にしていた。

「ああ、もう平気平気。大げさなんだよ」

松葉杖をひょこひょこ突いて飲みに行くなんて、ゲイバーだろうが情けない。仮原は松葉杖を家に置いてきていた。

ギプスがパンツの裾《すそ》から覗《のぞ》くサンダル履《ば》きの足元。だが、店内は暗いので目立たないですんでいる。

「まったく、週明けに外すぐらいなら、今日外してくれたっていいのに……」

愚痴《ぐち》を垂《た》れつつ酒を飲んでいると、藤野に声をかけてくる者がいた。

「藤野ちゃん、久しぶり」

スーツを着た男だ。年は藤野より少し上程度かもしれないが、太めの体型のせいで中年ど真ん中に見える。

「あ、ああ、こんばんは」

仮原の前で、藤野は少しきまり悪そうに応える。

知人の一人ぐらい出くわすだろうと、気にもしなかった。それより気色の悪い品定めをまたされるのはゴメンで、やや顔を背《そむ》けて素知らぬ顔で酒を飲む。

けれど、男が去った後も、また藤野に話しかけてくる者はいた。

次から次へ。

仮原は驚かざるを得なかった。空気の読めない研究バカ。にもかかわらず、藤野はどうやら結構モテるらしい。

ルックスがよければまだしも――

仮原は酒を飲みつつ、人と話をしている藤野の横顔を凝視《ぎょうし》する。

まじまじと見ても、藤野はやっぱり藤野だ。

凡庸《ぼんよう》な十人並みの顔。けれど、男ばかりのむさ苦しい店内で見ると、大人しめの小作りで柔《にゅう》和《わ》な顔は女性的なため、いくらかマシに見えなくもない。

いやそれどころか、目、鼻、口……一つずつ確かめると、どこも悪くない。地味なだけで、むしろ整っているぐらいだ。

目でもおかしくなったか。今までただのくたびれた野郎の顔と思っていたものに、『上品』だの『優美《ゆうび》』だのと、おかしな単語を並べそうになる。

仮原はぶるっと頭を振った。

気分を変えようと、二杯目の酒をカウンターまでオーダーしに行き戻ってくると、今度は若い男が話しかけていた。

「幸孝《ゆきたか》さん、ごめんね、なかなか連絡できなくて」

自分と変わらないぐらいの年齢だ。上から下まで守備範囲が広い。けれど、感心するよりも、飛び込んできた会話に入り混じる『声』のほうが引っかかった。

『助かったぁ、しつこくされなくて。あんときは簡単に寝れてラッキーだったけどさ、溜まってたし』

ホッとした『声』、露骨《ろこつ》に遊びで寝たと判る『声』だ。

笑顔の裏の『声』など知る由《よし》もない藤野は、穏やかな笑みを浮かべて応える。

「いえ、私も仕事のほうが忙しかったので。電話をしようかとも思ったんですけど……」

「あ、幸孝さんごめん、ちょっと連れが来たみたい……じゃ、また」

男はあっさり軽い調子で去っていった。

『しつこくない』と称《しょう》された藤野は席を立って追うこともなく、ただ目線でじっと見送るだけだ。

店の入口近くで、さっきの男は入ってきたばかりの男に嬉しげに飛びつかれている。ゲイバーとはいえ、ただの連れではないだろう。相手はちょっと可愛い華奢《きゃしゃ》ななりの男で、結構な似合いのカップルだ。

「アレ、好きだったんだ？」

テーブルに出していた煙草のボックスに手を伸ばしながら、仮原は口にした。

「え……」

「あんたの好きな男なんだろ？」

確信に満ちた声で突きつける。藤野は気まずそうにしながらも応えた。

「いえ、好きというか……ちょっといい方だなと思ってただけです」

「ふうん、若いのタイプなんだ？　その前のオヤジも？　あんた、どういう趣味なの？」

店内のざわめきもあって、『声』は途切れ途切れにしか聞いていなかったが、あの男程度の仲で寝たのなら、その前の男もその前も可能性がある。

「年齢には特に拘《こだわ》りはありません。ただ……優しくしてくれたので」

「はぁ？　まさか、それだけ？　ちょっと優しくされたぐらいで、あいつらと寝ちゃったの？」

「ね、寝たとか、憶測《おくそく》はやめてください」

「あー、いいからそういう誤魔化《ごまか》しは。俺には判るんだよ。あんた……全部顔に出まくってる」

火を点《つ》けた煙草を、深く吸って煙を吐き出す。

仮原が吐きつけた言葉と煙草の煙のどちらのせいでか、藤野は冷や汗でも拭《ぬぐ》うような仕草で顔を撫で下ろした。

「好きだって言われたんです。私のことを、好きだと……すみません、私はどうも単純なところがあるみたいで。さっきの彼のことも駄目だろうと半分判ってはいたんですが……」

「単純ねぇ、訳の判んない小難しい学問はやってるのに？　頭をそっちに使い過ぎて、恋愛方面はゆるゆる思考ってわけ」

「……軽蔑《けいべつ》しましたか？　あの、誤解しないでください。ゲイのすべてが私のように短絡《たんらく》で、すぐに体の関係を持つわけじゃないんです」

「誰もそんな話してないし。あんたさ、モテんだろ？　とりあえず少しは期待できる相手選んだら？」

藤野は苦笑を浮かべた。俯《うつむ》きがちになり、緩《ゆる》く頭を振る。

「モテませんよ。私は昔からあんまり人には好かれないんです。大学でも学生には煙《けむ》たがられてますしね。きっと嫌な人間だからなんでしょう」

「なんだそれ、謙遜《けんそん》か？　あんた、嫌になるぐらいイイヤツだろうが」

そうだ、腹が立つほどの善人《ぜんにん》。天然記念物クラスの男。でなきゃ、自分だって関わらずにいたはずだ。

ぽろりと口にした言葉に、藤野は驚いた顔になる。よもやそんな言葉を聞くとは思っていなかったという顔だ。

「あ……ありがとうございます。でも、私はどうも……嘘っぽいらしいんです。いい人ぶってると、面と向かって言われたこともあります。なんでしょうね……人は群れで行動を共にする生き物ですから、相手を尊重《そんちょう》してるつもりなんですが……自分はなにか足りないらしくて、どうも」

真剣になればなるほど空回《からまわ》り。普通の枠《わく》から外れ、遥《はる》か彼方《かなた》に遠ざかってしまっているらしい。

水が清すぎれば魚は住まない。そんな言葉が頭に浮かんだ。

気づかない。誰も本当の心の在《あ》り処《か》など。

「それで大人しくケツ貸して、手のひら返したみたいに遊びの顔されて納得してんだ？　あんた仏か？　神様にでもなるつもりか？」

イラついてハイペースで短くなった煙草を灰皿に揉み消す。

「なにクズ共の前で卑屈《ひくつ》になってんだ」

「仮原さん？」

「バカじゃねぇ？　あいつらみんな揃《そろ》ってバカばかり……」

発しかけた言葉は、店内の騒ぎにうやむやになる。

パンッと弾《はじ》ける音が聞こえ、はっとなった。

「三周年おめでとう!!」

振り返れば、カウンターのママだかマスターだか判らないカマ男に、客の数人がクラッカーを向けている。色とりどりのテープを浴びた男が、「あらやだぁ、ありがとう」なんて気色の悪い声を上げているのが離れていても聞こえる。

突然入った横槍《よこやり》に、仮原は変に高揚《こうよう》している自分に気がついた。

——なにを暑苦しく憤《いきどお》ってるんだか。

藤野を相手に、こんなところで。

「帰る」

「え……」

「どんなものか、ちょっと拝《おが》んでみたかっただけだから。ああ、代金こんなもんか。一緒に払っといて」

財布から札を数枚取り出し、テーブルに置いていく。

「か、仮原さん！」

焦《あせ》ってかけられた声は無視した。ナンパ目的か、席に着かずにフロアをうろついている男たちの間を仮原はすり抜ける。声をかけるつもりだったのか、肩に触れた奴には中指を立てて眼《がん》前《ぜん》につきつけてやった。

忌々《いまいま》しいホモ共が。

飛び出すように表に出る。もちろんそのまま帰るつもりだったけれど、足が不自由なせいで一目散《いちもくさん》というわけにはいかなかった。

静かな裏道から、タクシーの捕まりそうな表通りに向かっていると、大して歩かないうちに背後に人の気配を感じた。

「仮原さん！」

支払いをすませて追ってきたらしい。

呼びかけを無視した。何故《なぜ》逃げようとするのか、自分でもよく判らない。

「仮原さん、待ってください！」

「……なに？」

「なにって……それは私のセリフです。なにをそんなに怒ってるんですか？」

「怒る？　俺が？」

どうして。

自分がなにに腹を立てているのか判らない。渋々足を止めて背後を振り返ると、息を切らして肩を上下させている男もまた足を止めた。

「仮原さん、違ってたらすみません。もしかして……私のために怒ってくれてるんですか？」

否定しようとして、声が出なかった。

はにかんだ笑みを見せた男の『声』と声が聞こえた。

『……優しい人だ』

「……優しい人ですね、仮原さん」


タクシーには藤野と同乗した。家が近所という成り行きでそうしたものの、居心地は悪く、帰りを妙に急いだせいで降車すべき場所を誤《あやま》った。

「ここ、遠くないですか？」

「え？」

車から降りた仮原は、車中の藤野に問われて気づく。

通り道のせいで、つい本当の家の前に降りてしまった。痛恨《つうこん》のミス。けれど、今更車に戻るのも、いつものマンション前から歩いて帰るのも手間でしかない。

「あ…いい。その道を入って少し行けば着く」

「でも、足痛むんでしょう？　やっぱり松葉杖を置いてきてしまったから……」

「ちょっと歩き辛《づら》いだけだ。そんじゃ、おやすみ」

こちらの様子を窺っている運転手に、ドアを閉めるよう目で促す。

歩道の上の仮原は、目の前の家に向かおうとして溜め息をついた。

「仮原さん、だったら手を貸しますから」

タクシーが走り去ったところで、いなくなるべき男がその場に残っては意味がない。ご丁寧に車を降りた男は、義務だと言わんばかりに声をかけてくる。

面倒臭くとも、マンションの前まで『送られてやる』しかない。

「いいって言ってんのに……」

腹を決めつつも、愚痴《ぐち》を零《こぼ》しかけたそのときだった。

家のほうから声がした。

「雑貨屋、珍しいな客連れなんて」

シャッターの下りた店舗前に、いつものあの占い師がいる。客はなく、手持ち無沙汰《ぶさた》そうな男は、吹き抜ける冷たい夜風の中で身を縮《ちぢ》めるようにして座っている。

「雑貨……お知り合いの方ですか？」

藤野は不思議そうな顔を見せる。

「知らねぇよ、そんな奴……」

「ご挨拶《あいさつ》だね、大家《おおや》さん」

いつかの嫌味か。自分がしたこと、させたことはすっぱりと棚に上げ、仮原は占い師を睨《にら》み据《す》える。

「お、大家さんって？」

「雑貨屋の知り合いか？　へぇ、まともな友人がいるなんて驚きだね。占いに興味はないか？　未来を見てやろう」

ひらひらと占い師は手招いた。夜の寒々しい光景の中で、その仕草に呼応《こおう》するように小さなテーブルに灯《とも》された明かりが揺らめく。手製の行灯《あんどん》のようなものの中身はロウソクだ。暖かな光に誘われたのか、ふらと男の前に立とうとする藤野の腕を、仮原は慌てて引《ひ》っ摑《つか》む。

「来い」

「え……」

「そいつと口を聞くな。エセ占い師だ。いいから、さっさとこっちに来い！」

「え、えっ、仮原さ……」

余計なことを占い師の口から吹き込まれるよりましだった。店舗の脇の入口のほうへ、藤野を連れて行く。鍵を取り出し、ドアを開けた仮原は、戸惑っている男を押し込むようにして中へ入らせた。

ドアを閉じてしまえば、シャッターも下ろした店は密室同然だ。明かりを点《つ》けると、襲った眩《まばゆ》い光に藤野は目を瞬《しばたた》かせる。

「あの、ここは……」

「俺の家だ」

周囲を見回した男は、どうにも理解できない顔をしていた。

「家って……でも、ここはお店では？　それに、君の家はマンション……」

「雑貨屋だよ、ほとんど閉めてるけど。一階が店、二階が家。マンションってのは嘘さ」

「嘘？」

『嘘なんて、どうして……』

至極《しごく》当然の藤野の疑問に、仮原はもっとも妥当そうな理由を選んだ。

「カッコつかねぇだろ、こんなとこに住んでるなんて。悪かったな、騙《だま》して」

仮原はそう言って、すぐ傍《そば》の棚にある、リアルな顔の招き猫を叩く。埃《ほこり》を被《かぶ》り、長い間そこに鎮座《ちんざ》した置き物は、売り物だか飾っているのだか判らない。

全体的に雑然《ざつぜん》とした店だった。駄菓子《だがし》や文具から、アクセサリーに置き物まで。子供から大人、昭和から平成までと、なんでもありの店だ。

ほとんどは埃を被っているが、婆さんの知人の工房から預かっている工芸品は熱心な買い手がついていた。素人《しろうと》の趣味作品。けれど、中にはセンスのいい人間もいて、ここにしか置いていないというので買いにくる物好きがいる。前に占い師が表をうろついてる客がいたと言っていたのも、間違いなくそれだろう。

『べつに悪くなんてないのに……』

店についてか、嘘をついたことに対してか。いずれにしろ聞こえてくる藤野の反応は、否定的ではなかった。

「仮原さん、最初から話してくれれば……じゃあ、今までわざわざマンションまで歩いて？　ここにはほかに誰か一緒に住んでるんですか？　店はどなたが？」

「俺一人だよ。たまに気が向いたら開けてる」

「病院のお仕事もあるのに、大変ですね……」

さすがに毎日通ってる病院まで嘘とは思わないのか。それとも、疑おうとしないところが、まさに藤野が藤野たるゆえんってやつか。

仮原は苦笑せざるを得ない。諦めたように声をかけた。

「来いよ、茶でも淹《い》れる」

二階に上がり、一応居間になっている部屋へ案内する。移り住んでから、他人を入れるのは初めてだ。

「死んだ婆さんの家でさ、俺が相続したんだ」

用意したコーヒーを、ソファに座らせた藤野に差し出す。

畳の上に黒いかっちりとしたレザーのソファ。ちぐはぐなのは、仮原が選んだ家具だからだ。この店を売っぱらったらそれこそマンションでも買うつもりで、一目惚れで購入したソファを思わず持ち込んだ。

「あ、すみません、いただきます。仮原さんのお婆さん、亡くなられたんですか」

「赤の他人だよ、血なんか繋《つな》がってねぇ」

「他人？」

「そう。道端《みちばた》でばったり出会って、なんか気に入られて……小遣《こづか》いくれるから話聞いてやって、時々店番したり電球切れたら交換してやったりしてたらどんどん気に入られてさぁ、最後にでっかい小遣い。この店と財産まるごといただいちゃったってわけ」

どさりと体を投げ出すように腰を下ろしながら、仮原はヤケクソ気味に言う。ここまで話してしまう必要もないのにと思いながらも、何故だか喋《しゃべ》ってしまっていた。

「そうだったんですか……不思議な縁があったんですね。そのお婆ちゃんもきっと感謝なさってるでしょう」

「感謝？」

「全部、その方が望んだことでしょう。赤の他人に店を譲《ゆず》るなんて、それだけのことをしたんですよ。仮原さんは、いい人だから……」

「はっ、ははは、ものは言いようだなぁ。いい人ってのはあんたみたいのを言うんだろ」

コーヒーを飲みながら話をしていた男は、仮原の笑い声に動きを止める。

逆に問い返してきた。

「店でも私にそう言ってくれましたね？　どうしてですか？」

「判るからだ」

それ以上でも、以下でもない。

「君は……なんでもそうやって判ると言うけど、私のすべてを知っているわけではないでしょう。きっと、知ればがっかりしますよ」

自分がなにを知らないというのか。

出会って日は浅い。まだ一月《ひとつき》と経《た》たない。藤野の言葉は、時間的にも交わした言葉の数からも至極当然で、特になにかを意図《いと》して言ったわけではないのだろう。

その証拠に、藤野は唇に薄い笑みを浮かべていた。初めて見る、どこか自《みずか》らを皮肉るような笑いだ。

「なにを……」

問いかけ、暴《あば》くのは簡単だった。

問えばきっと答える。自分の前では、誰も彼も答えざるを得なくなる。暴いて、驚かせて、からかえばいい。

今夜は店にだってそのために行ったはずなのに、どこから自分はボタンをかけ違えて、こんなところでこの男に茶を飲ませたりしているのか。

苛々《いらいら》する。藤野に会うと時々感じていた、腹の中がかっと熱くなるような苛立ち。今、自分の体が熱を帯《お》びて感じるのも、そのせいだろうか。

「仮原さん？」

藤野が両手で持ったカップを奪い取る。

もうあの店のむさ苦しい男たちの中にいるわけでも、落ち着いたムードのある照明の下でもないのに、やはり藤野の顔は以前と違って見える。自分の目は、どうやらおかしくなってしまったままだ。

こいつが、わざわざ追いかけてきたりするから悪い。

そう、だからこれは腹立ち紛《まぎ》れだ。

「仮原さん？」

テーブルに移されたカップに、藤野はなにが起こるのかまったく予想していないみたいだった。仮原も半分ぐらいは自分の行動を理解していなかった。

藤野の体温を感じた。

唇と唇を触れ合わせる。

「ど……どうしてこんなことをするんですか？」

さぁ、と惚《とぼ》けそうなるのを堪《こら》えて言葉を探す。

「そうだな……好き、だからかな？」

「からかわないでください」

「じゃあ、なんて言えば納得する？　嫌いだから？　野郎といっぺん試してみたいからか？」

ろくでもない言葉を並べる仮原に、藤野は表情を歪《ゆが》ませる。

「好きだからじゃダメなわけ？」

『好き？』

「君が……私のことを？」

そうだ。この男がなにより欲しがっているはずの言葉だ。

欲しい言葉を与えれば、誰も彼も靡《なび》いてくる。今もそうしているだけだ。

自分は藤野が必要としている言葉を、甘く囁いてやっているだけ——

「ありえないです」

「どうして？」

「君は私のことを嫌ってました。君ほどではなくとも、私だって……少しは人の気持ちぐらい判るんです」

「俺はこういう性格なんだよ。捻《ひね》くれてる。生まれたときからずっとね」

「生まれたときから捻くれてる人間なんて……」

「いるよ」

ぶつけるように再度押し合わせてみた唇に、藤野は目を瞠《みは》らせる。

「あいつらには好きだって言われただけでその気になったんだろ？　あんた、本気で相手にされてないのは判ってたみたいなこと言ってたけど、少しは期待したんじゃないの？　だったら、俺にも期待してみれば？」

「で、でも、あなたはゲイでは……」

もう一度唇を重ねた。三回目のキス。キスなんてどうでもよかったけれど、藤野がそれで納得するのなら容易《たやす》いものに思えた。

「まず線引きしなきゃ進まないのは、ゲイだから？　研究者だから？　それとも……俺が相手だから？」

顔を寄せようとすると、今度は先読みされて身を引かれてしまい、ぐいと体ごと押し迫る。

「仮原さ…っ……」

「……こういうキス嫌い？　好き？」

判りやすく、ちゅっちゅっと音を立てて何度も重ねた。じわじわと逃げる体を追いかけ、ソファの上でにじり寄る。三人掛けのソファで、二人の体はぎゅうぎゅうと押しやられたみたいに左の端へと寄った。

あまりセックスを連想させないキス。戯《たわむ》れる軽いキスを女はやけに喜ぶけれど、男も同じらしい。

警戒心は鈍《にぶ》り、ざわつく藤野の心が勢いを失くしていく。肘掛《ひじか》けに腰の行く先を阻《はば》まれただけで、口づけから逃げようとはしなくなっていく。

『あ……』

ぺろりと唇を舐《な》めた。ぺろぺろと犬みたいに舌を閃《ひらめ》かせて、それからするっと中へと侵入《しんにゅう》させる。

「……っ」

驚く藤野の顎《あご》を、手で捉《とら》えた。同性でも嫌悪感《けんおかん》はあまりなかった。

そもそも、今まで女としかヤってないからといって女が好きなわけでもない。仮原にとってセックスは、人の体を使って楽しむ自慰《じい》みたいなもので、特別な感情を伴《ともな》ったためしはない。

逃げようとする舌を絡《から》め取《と》る。口腔《こうこう》の性感帯を器用に探り、籠絡《ろうらく》させていく。

『まずい、反応して……』

戸惑う男の微《かす》かな『声』に、仮原はくすりと笑った。

「感じやすいんだな。キスぐらいであそこが勃《た》っちゃった？」

「……たっ…てません」

「そう。あんたでも嘘をつくときもあるんだな」

再び唇を重ねながら、両肩に触れてみる。ぎゅっと摑んだ肩は、華奢に見えてもやっぱり女とは違う。しっかりと硬い体だ。二の腕に触れ、胸元から腹へと撫で下ろし、それから女とはもっとも作りの違う場所に右手を忍ばせる。

「……あのっ……ぁ……」

派手な音を立てて口づけながら、手のひらの中に収めたものをあやすように撫でた。衣服を隔《へだ》てていても形を変えているのは丸判りで、こんなのは女ではちょっと味わえない感覚で珍しい。

勃起《ぼっき》して震えていた。ぴくぴくと恥ずかしそうにキスに反応し、唾液《だえき》を啜《すす》るように絡めた舌を吸い上げれば、ズボンを卑猥《ひわい》に突っ張らせて手のひらを押してくる。

「……っ……」

『あ、手……彼の、手にすごく当たって……』

内心の動揺や羞恥《しゅうち》を、藤野は声や仕草にはほとんど表そうとしなかった。恥じらう振りをしつつも中身は冷めた女や、ド淫乱《いんらん》女を相手にするよりずっといい。ひた隠す男に、仮原は変な興奮を覚えた。

わざと藤野の嫌がるタイミングでファスナーを下ろした。恥ずかしく膨《ふく》らんだ下着から勃起した性器を露《あら》わにすると、ちょうど先走りが滴《した》り溢《あふ》れ、男は悲鳴じみた『声』を上げて仮原を喜ばせる。

藤野の性器は、仮原のものよりも一回りほど小さい。けれど感度は良好で、自分に施《ほどこ》すときの調子で扱《しご》いていたら、本当にぱっと弾けるみたいに白濁《はくだく》を散らした。

「……っ…ぁ……」

声は押し殺しつつも、乱れた息遣い。肩を上下させながら、困惑した眼差しで自分を見る男

に仮原は囁く。

「……もう嫌とか、言わない？　続きする？」

そうは言ったものの、続きを具体的に考えてはいなかった。

こっから先はどうすんだ？　自分のをシコシコ擦《こす》らせりゃいいのか。あんまり上手そうじゃないな――なんて、勝手なことを考える。ちゃっかり興奮だけは示している自身を取り出そうとすれば、驚いたことに藤野のほうから手を伸ばしてきた。

「……わ、私に……させてください」

「なに、へぇ急に積極的じゃ……」

『自分だけなんて……おかしい。それに、彼はきっと欲求不満でこんなことを……きっと、怪我で不便をかけているせいだ』

一気に興《きょう》ざめした気分になる。

人を欲求不満呼ばわり。とりあえずイカせてやればいいだろうと軽《かろ》んじられている感じがして、腹が立つ。

「……そっか、あんたって男と寝るのは慣れてんだっけ？　じゃあ、一緒にする？　服脱ぎなよ、汚れるし」

「え…わ、私はもう……」

「なんで？　一緒にやろう、俺一人なんて盛り上がらない」

藤野は服を脱ぐのを拒《こば》まなかった。シャツのボタンを外すのは仮原も手伝った……というより体つきを確かめてみたくて勝手に剝《は》ぎ取《と》った。

「藤野さん……こっち、来なよ。もっと傍に感じたい」

「き、君は、服は……」

「いいから、早く」

急かして、ソファに座った自分を跨《また》がせる。腿《もも》の上で向き合う羽目《はめ》になった藤野は、逃げ腰だったものの、仮原は許さずに中心を引っ摑んだ。

「ひっ……」

「ごめ、痛かった？　ね、一緒にやろう。お返し、してくれるんじゃなかったっけ？」

二人して互いの性器を探り合う。

予想外にも、藤野はそう下手ではなかった。というより、結構上手い。場数を踏んでるなら当然にも拘《かかわ》らず、そんな手馴《てな》れた藤野を、ひどく面白くないと仮原は思った。

なにが不満なのか自分でも判らないけれど、許されないことに思える。

負けじと性感を煽《あお》った。尻に這わせた一方の手で狭間《はざま》の窪《くぼ》みを探れば、男はひくっと肩先を弾ませ、仮原自身を包む手にも力が籠《こ》もる。

「……あ、……」

『……あ、後ろ……』

「ふうん、もしかしてココ、弄《いじ》ってほしいの？」

「………それ…は……」

仮原はすっと笑った。

「いいよ、無理に答えなくても」

質問さえ耳に入れてくれれば、いくらでも本当の気持ちは藤野の心が聞かせてくれる。

望みに応え、指先を這わせた。

濡れそぼった指はちょっと撫で擦っただけで、内側に入りそうな感じがする。実際、力を籠めると、本当にあっけなく藤野の中に触れていた。

そこは想像よりずっと滑らかで、悪くない感じだ。

入りたい。この男の中に突っ込んで、よがらせて、全部自分を受け止めさせてしまいたい。

極自然にその考えは湧《わ》き起《お》こり、男の手に触れられたままの仮原の屹立《きつりつ》は雄々《おお》しさを増す。

「も……っ、もう、そこはっ……仮原さ、も……いいですから……」

仮原の執拗《しつよう》な愛撫に、藤野が悲鳴を上げる。狭かったし、反応がよさそうだったからそうしたのに、ちっとも素直じゃない。

「なんで？　いつも……こうやってしてんだろ？　あいつとも、あいつとも、あいつともさ」

「そんな、こんな風にはっ……」

「じゃあ、どんな風？　どうやってもっとよくしてもらったんだよ？」

『どうって……』

ヘタクソとでも言いたいのかと思えば、逆だった。

藤野はあまりセックスでよくなった経験がないらしい。無駄《むだ》な自制心。自分ばかりよくなってはと気を使い過ぎる上、淡白な反応しか見せずに相手の気を削《そ》いだとあっては、一方的なセックスで終わられても仕方ない。

「気持ちいいの、したことない？　だったら、俺が教えてやるよ」

仮原には判る。藤野のいい場所も、どうすれば悦《よろこ》ぶのかも。どんなに心が伴《ともな》わなくとも、仮原はいつもセックスは上手かった。

相手の気持ちはすべて、手のひらの上。

「……な、挿《い》れさしてよ」

「仮原さ……」

「あんたの中でイキたい」

「で、でも……」

「しょうがないだろ、俺は『欲求不満』なんだからさ？　ギプスが邪魔で足が自由に動かないし、ほら……」

唆《そそのか》せば、藤野は抵抗は示さなかった。そのまま腰を浮かせて位置を変え、仮原を迎え入れようとする。けれど、指で散々《さんざん》慣らしたところで、女のようにあっさりと受け入れる場所でもない。

先っぽを銜《くわ》えたところで、藤野は動きを止めた。焦《じ》れて腰を突き上げると、眉根《まゆね》を寄せた藤野が息を飲んだのが判った。

「痛むか？」

「……平…気です」

『……少し痛い。でも、慣れてしまえば……』

「痛いんだろう？ なんか滑《すべ》りよくするもの……ああ、探しに行くの面倒だな」

面倒というより、熱を冷ましたくない。

「いいです、このまま……」

「ちょっと、じっとして貸してみろ」

まるでものでも受け取るみたいに言って、萎《な》えかけている男の性器にまた触れた。指を絡め、時間をかけて丁寧に高めていく。

「……仮…原さん、も……もう……」

もういいから、とかなんとかいう男の声が何度か聞こえたけれど構わず続けた。

首筋にしがみついてきた藤野の体は男にしては白い。ちょうど目の前にちらついていた淡い色の乳首を戯れにぺろりと舐めると、ひくんと藤野は身を仰《の》け反《ぞ》らせた。

男でも感じるらしい。

「もっと……近づけよ。ちゃんと、届くようにさ」

藤野はそろりと上体を寄せてきた。舌を伸ばしてちろちろと愛撫する。硬く芯《しん》の通った場所を舌先で転がしながら、上目遣いに仰《あお》ぎ見《み》ると、藤野は口元を緩めて吐息を零し始めていた。

男の喘《あえ》ぎ顔なんて、見てもどうせ萎えるだけかと思っていたのに目が離せなくなった。普段、研究のことしか頭にない、大して表情豊かでもない男の顔が、快感に緩んでいく様を見るのは興味深い。

落とされた目蓋《まぶた》が微かに震えている。淡く開かれた薄い唇の間から、並びのいい歯がちらちらと覗く。色気はまるでないとばかり思っていた男の唇は、ほんのりと桜色に色づき、音は聞こえなくとも息を喘がせているのが判る。

ちゅうちゅうと音を立てて吸ってやった。悪戯《いたずら》に食《は》んだ唇で嬲《なぶ》る。じわりと引っ張り、歯を立て――藤野は嫌がるどころか、身を捩《よじ》り立てるような『声』を響かせた。

『あ……いい、感じっ……感じる』

「……乳首、すごく好きなんだ？　藤野さん、女の子みたいだね」

正直、女でもこんなに喜ぶタイプはいなかったかもしれない。

「もしかして、誰も気づいてくれなかった？　乳首、弄ってほしいのに、してもらえなかったの？」

藤野は頭を振るが、『声』だけでなくその眼差しも少しも否定できていない。潤《うる》んだ眸で見つめられても、肯定以外のなにものでもない。

「……ふうん、そう……」

恐らく不特定多数の男とガツガツやっていても、藤野は我を忘れるほどの快感なんて味わったこともないのだろう。

そう考えると、むずむずとした気持ちになる。初めての興奮を覚えているのはお互い様。自分らしくもないセックスで、相手の反応ばかり窺《うかが》っていることに、仮原は気づかないまま藤野を抱いていた。

唇と指先とで、両方の乳首を愛撫してやりながら、いっぱいに反《そ》り返《かえ》った性器を可愛がる。色づいた尖端《せんたん》をぬるぬると撫で擦れば、肩に置かれた藤野の両手は次第に体重も加わり重くなっていった。

「………っ、ん……」

じわりと藤野の中に自分が深く沈んでいくのが判る。くたりと弛緩《しかん》していく火照《ほて》った体が、自分を飲み込み、ねっとりと締めつける。

「……んっ、ん…っ……」

鼻を鳴らすみたいな控《ひか》えめな声を上げながら、自分に跨がった男は小刻《こきざ》みに腰を揺すり始めた。

『気持ちいい。あ、そこ……そこっ…』

快感を追う『声』。

「……んふっ…」

体が跳ね上がったと同時に、透明な雫《しずく》がとろとろと零れる。

「……すごいな、潮でも吹いてるみてぇ」

思わず口にした言葉に、男はまるで怯《おび》えたように体を硬直させた。少しでも閉ざそうとする足を開かせる。

「エロい格好、もっと見せてよ」

「……そんっ…な……」

藤野の思考が羞恥に焼き切れそうになる。けれど、それが本心から嫌ではないのも、仮原は知っていた。

昂《たか》ぶったままの性器がまた涙を零した。続きを促すように下から突き上げてやると、やがてもぞもぞと自ら再び腰を動かし始める。

淫《みだ》らに藤野は仮原を煽った。

体でも、言葉でも。

『あっ、いいっ、気持ち……いいっ』

「……すっげぇ恥ずかしい声。あんた、俺にどん…なエロ声聞かせてるか……判って、ないだろ」

「……こ…えっ？」

がくがくと腰を揺さぶる。途中からどちらが揺り動かしてるのかも、判らなくなる。

「なぁ、もっと聞かせろよ。いいって言え、いつもみたいに……俺の前で歌えよ」

熱に浮かされたように仮原は口にした。戸惑い、なにを言われているのかも判らないでいる男に問いかける。

「な、気持ちいい、だろ？」

『……いいっ』

「……いいっ…です」

一度も認めようとはしなかった男が、蚊《か》の鳴くみたいな微かな声で応える。

「は……言えるじゃゃん、ちゃんと……素直で……可愛いじゃん」

「かわ……」

「可愛いよ。可愛いあんたは……好きだよ」

どこまでが相手を唆すための睦言《むつごと》で、どこからがそうでないのか。

相手を欺《あざむ》くための嘘が、自分さえも欺いているかのように曖昧《あいまい》だった。

「あんたは、俺は嫌い？」

『嫌いじゃない』

「……嫌い…じゃ、なっ……ぁっ……」

声を震わせながらも、藤野は律儀《りちぎ》に応える。

ただの睦言、意味のないやり取りだと思いながらも、仮原はやっぱり言葉の先を確認せずにはいられなかった。

「じゃあ……好き？」

藤野は言葉なく、ただ自分にしがみついているだけだった。

返事は聞こえていた。

『判らない』と首を捻る『声』に、仮原は気づかぬ素振《そぶ》りで、男の体を貪《むさぼ》り続けた。


十二月が近づくと、街頭のクリスマスツリーやらが年の終わりが迫るのを感じさせるようになった。街路樹《がいろじゅ》も葉を落として寂しい姿となり、吹き抜ける風は日によって昼間でも冷たい。

もう冬が来る。仮原《かりはら》は冬が嫌いだ。肩をいからせ、身を縮《ちぢ》こまらせて歩きたくなるような寒さは性分《しょうぶん》に合わない。

けれど、今はいつになく浮かれた気分だった。冷たい風を受けながらも、歩道を歩く仮原の顔は意味もなく緩《ゆる》みがちになる。

ギプスが取れたのはもう一ヵ月も前だ。外した傍《そば》から調子はよく、怪我をしていたことなどすっかり忘れた仮原は、携帯電話を手にひょいひょいと人を避けて軽快に歩く。

返信を打っているのは、藤野《ふじの》からのメールだった。

朝の迎えは、ギプスが外れた日に終わっている。けれど、関係は続いていた。最初の頃届いていたのは、経過《けいか》を心配するメールだった。治療費のことも藤野は気にしており、自分が金額をなかなか告げないから律儀《りちぎ》に連絡を寄こすのだろうと思っていたけれど、近頃のメールはそれとは無関係だ。

『差し入れにいただいたどらやきが美味《おい》しかったです』

色気のない写真つきメールが来ていた。

ピントのボケたどらやき写真。特にどうとも感想が湧かず、『美味《うま》そうだ』と無難《ぶなん》な反応を送ればすぐに返事が来た。

『お店を訊いておきました。結構近くだったので、今度そちらにも差し入れします』

藤野らしいメールだ。どらやきはやっぱりどうでもよかったが、最初からそのつもりでメールを寄こしたのかもしれないと思うと、また一段と顔の筋肉は緩む。

たぶんアレだ。藤野が家に来るなら、またセックスができる。

あの夜から藤野が家に来たのは三度。一度目は『店の模様替えが一人でできそうもない』と相変わらずの怪我を盾《たて》にしたメールを送り、二度目は『快気祝《かいきいわ》いをする』と普通に誘った。その次も。

藤野が来る度《たび》に寝た。最初は戸惑っていた男が回数を重ねるごとに自分に心を許してきているのは、手に取るどころか、実際に耳にしているからよく判《わか》った。

セックスは悪くない。元々相手に不自由していたわけでもないのに、藤野が家に来ると嬉しい理由をヤれるからに違いないと仮原は決めつける。

ピンボケの画面のどらやきを見つめ、しばらくニヤついてからポケットに携帯を押し込んだ。

家はもうすぐそこだ。カモ探しの病院通いも最近はなんだか足が遠退《とおの》いてきて、今日は久しぶりに雀荘《じゃんそう》に行った帰りだった。もう少しいるつもりだったけれど、煙草臭いばかりで盛り上がる気分になれず、早々《そうそう》に帰ることにした。

日の色は変わり始めているものの、まだ四時過ぎだ。夕飯はまた後で買いに出るかと、真《ま》っ直《す》ぐ家に向かおうとした仮原は、ふっと無関係の場所を見る。広い歩道の車道沿いに作られた植え込みの前に、小柄な老人が一人立っていた。

変な場所にいるなと思った。元の身長がよく判らないほど背の曲がった老婆《ろうば》は、なにやら杖《つえ》を振り回している。植え込みの根元辺りを突くように何度も動かし、すぐ後ろを行ったり来たりしている通行人が、薄気味悪そうな目で見ている。

『そこ。そこにあるんだがの』

家のすぐ傍だ。近づけば聞こえてくる『声』。仮原は溜め息をつきつつも、老婆が振り回す杖の先に手を伸ばした。

「ほらよ」

植え込みに引っかかっていたのは、メモ用紙らしき小さな紙切れ。風に飛ばされでもしたのだろう。腰が悪くて、上手《うま》く屈《かが》めずにいたのだ。

「婆さん、腰痛いなら落とさねぇようにしっかり握《にぎ》っときな」

ぶっきらぼうに手渡す仮原に、老婆は濁《にご》った目を白黒させる。

「あ……ありがとうよ。難儀《なんぎ》してたんだ」

ふんと鼻だけで応《こた》えて背を向けた。店の脇の入口に向かえば、背後にカツカツと近づいてくる杖の音が聞こえる。

「あんた、もしかして店の人かい？」

「あ？」

突き出された先ほどの紙には、店の住所と簡単な地図が描かれていた。

老婆はいつも友人に頼んで店のものを買ってきてもらっていたが、『最近はずっと閉まっている』と断わられ、諦《あきら》めきれずに自分で来てみたのだという。まあ駅やバス停さえ判るなら、年寄りでも迷う場所ではない。

成り行きで商品を売ることになった。

ガラガラと長い間閉めきっていた店のシャッターを上げる。

老婆が欲しいものを選ぶ間、入口に突っ立って待っていると、軒下《のきした》の隅に今日もいた占い師が声をかけてきた。

「雑貨屋、店開ける気になったか？」

鬱陶《うっとう》しい。仮原はそちらを見ようともせずに返した。

「あの婆さんがわざわざ遠くから来たっていうから、開けてやっただけだ」

「ふうん、お優しいじゃないか。そこの植え込みんとこでも助けてやってたね」

「ただの気紛《きまぐ》れだ」

顔色一つ変えずに応える。まともに会話をする気はない。けれど、久しぶりに太陽の光の差し込んだ店内を見ていると、死んだ婆さんを思い出さずにもいられなかった。

そういえば、あのときもそうだった。

自分が声をかけたあの日。

雨が降っていた。婆さんは歩道橋の手摺《てすり》にしがみついていて、階段の途中で足が痺《しび》れて利《き》かなくなり立ち往生《おうじょう》していたのだが、擦《す》れ違《ちが》う誰もそれに気がついていなかった。

「なんで判った？」

突然の問いに、思わず仮原は占い師を見る。

「は？」

「なんで困ってるって、判ったんだ？　なんか拾ってやってるみたいだったけど……どうして判った？　ずっと杖を振り回してるだけだったのに」

小さなテーブルに向かって座った男は、疑念《ぎねん》いっぱいでこちらを見上げている。

「雑貨屋、おまえ……」

目の前の車道を大型トラックが轟音《ごうおん》を上げて過ぎていく。古い店の外壁《がいへき》までびりびりと震え、占い師の言葉は風圧にでも押し飛ばされたように遮《さえぎ》られた。

「どうでもいいだろ、そんなこと。婆さん！ どうだ、買うもんは決まったのか？」

仮原は言い捨ててその場を離れ、店内の老婆の元へ近づく。

「ああ、あとクリスマスのな、飾りがあるといいんだが。今年は孫が遊びに来るんでな」

胸元にあれこれ抱《かか》えた老婆は、満足そうな顔をして言った。


「空が青いのは、光が大気を通過する距離の関係です」

カーテンを開け放した二階の窓からは、まだ午前中の青い空が見えていた。

そう大きくもない窓だ。車道を挟んだ先には雑居《ざっきょ》ビルが建ち並んでいて、窓辺に立てば美しいものなどなに一つ見えやしないが、寝そべって仰《あお》げば窓いっぱいに空が見える。

仮原は畳《たたみ》に敷いた布団の上にいた。シングルの布団の中は、自分と腕に抱いた男とでいっぱいだった。裸で背後から抱かれているというのに、藤野はいつもと変わらない色気も抑揚《よくよう》もない声で淡々と説明を続ける。

「光は本来は虹色で、赤から紫まで色がありますが、大気を通過すると波長の短い色から散乱《さんらん》していきます。地球の大気を真上から通過する際にちょうど散乱の多い色が青なのです。つまり夕陽の場合は、角度的に長く大気を通過するから赤く見えるわけです」

仮原は苦笑する。『空はなんで青いんだろうね』なんて、どうでもいい睦言《むつごと》をしたらこのとおり。なにも詩人になれとは言わないが、布団の中でこうも情緒《じょうちょ》の欠片《かけら》もない返事をするのはこの男ぐらいのものだろう。会話でなく回答、アンサーだ。

「じゃあさぁ、大気がもっと分厚《ぶあつ》かったら昼も夕焼けなの？」

少し眠たげな声で仮原は問う。鼻先を埋《うず》めた首筋はシャンプーの残《のこ》り香《が》か、もう覚えた藤野の匂《にお》いが仄《ほの》かにした。

「そうですね、大気をそこまで厚いと仮定するにはほかの問題が出てきますが……理論上はそうなります。今より薄くても厚くても空の色は違ってきます」

「やだな、一日中夕焼けなんて。暑苦しいじゃん。空の色がそんなにデリケートなもんだなんて思わなかったよ。藤野さんと同じだな」

「え？」

仮原は藤野を布団の上に転がす。仰向《あおむ》けにして敷き込んで、驚く顔を覗《のぞ》いた。

「今日、なんかあんたすごいエロかった……いや、今日じゃなくて昨晩？　まぁ、どっちでもいいけど、とにかくすっごくエロくてさ……」

昨日の晩から何度もヤってしまった。夜だけで足りずに、朝起きてからも一度。藤野が家に泊まったのは初めてだ。金曜の夜に宣言どおりにどらやきを持参《じさん》してきた男は、泊まって行かないかと誘ったら、替えの下着もこっそり用意していた。誘われる前から持ってきているのも変だと気がつき、しどろもどろになりながら『コンビニに買いに行く』と言い出したのが可笑《おか》しかった。

好きだと言った。何度も抱き合っている間に。口に出してみる度《たび》に藤野の心も体も蕩《とろ》けて自分を気持ちよくさせるから、何度も言わずにはおれなくなった。

「お、お風呂を借りないと……」

抱き寄せようとすると、藤野は困った顔になる。さっきまでの色気ない話が嘘のように、顔に赤みが差す。

「なに？　ああ、中に出しちゃったから……ごめんな？　藤野さんの中……すげぇ気持ちよかったんだ」

それこそ、耳の中にでも吹き込むように囁いてみる。腰に回した手をその場所へ滑《すべ》らせた。自分の放ったものをとろとろと溢《あふ》れさせている部分に触れると、藤野は情けない感じに眉を歪《ゆが》ませる。

藤野らしくない、どこか子供っぽいその表情は、可愛いと言えなくもない。

「か、仮原く……ん……」

「いいから。こんなとこで出しちゃったら、布団濡れるだろ？」

溢れるものを押し戻す振りで指を挿入《そうにゅう》した。

綻《ほころ》んだ場所を弄《いじ》りながら唇を重ねた。キスで宥《なだ》め、足を開かせる。くちゅくちゅと音を立てて指を行き交わせ、押し込んだ二本の指を大きく開かせて、女のアレみたいに柔らかくなっているのを知らしめると、藤野は啜《すす》り泣くみたいな声と『声』を上げ始めた。

「……いや……嫌です……」

『嫌です。こんなのは、恥ずかしい』

こんなのが恥ずかしいなら、もっとすごい『声』も全部自分が聞いていると知ったら、藤野はどうするだろう。怒るだろうか。それとも恥ずかしがって、もっと乱れるだろうか。ちょっと知りたい気もする。

——知りたい。

がっつきでもしたみたいに、このところ藤野に会う度になんでも知りたくなる。

「ね……こないだの話さ、俺が知らないあんたってなに？」

風呂の中でふと思い出して尋ねた。

バスタブに湯を張ったのは久しぶりだ。冬場でも面倒臭《めんどうくさ》がりの仮原はシャワーで済ませてしまうことが多い。

男二人が入れば狭いどころか、底が抜けるんじゃないかと思える古い浴槽《よくそう》の中で、二人は向き合い、足を絡《から》め合《あ》うようにして湯に浸《つ》かっていた。

結局布団でまた一度した。疲れたのか放心気味の藤野は反応が鈍《にぶ》く、いつにも増してとろくさい喋《しゃべ》りだ。

「こ…ないだ？」

「前に言ってたじゃん。俺はなんでも判るみたいな顔してるけど、知らないことも多いって。なに？　なぁ、あれってなんの話だよ？」

どうせ性癖とか過去の男の話。後者の可能性が高い。言った傍から、つまんない話を持ち出すんじゃなかったと仮原は軽く後悔したけれど、藤野の『声』は違っていた。

『家の……』

「……家のこと？」

「それも……顔に描いてあるんですか？」

仮原の反応に藤野は軽く首を傾《かし》げ、それから急に重苦しい声になって言った。

「私は、家庭を崩壊させてしまった人間なんです」

「……崩壊？」

「大学のときに。私の家族は、私の性癖のせいでバラバラになってしまいました」

どんな話が飛び出すのかと思えば、想像もつかないほどの突飛《とっぴ》な内容ではない。

「もしかして、ばれちゃったってやつ？　まさか実家に男連れ込んだとか？」

「カミングアウトしたんです。自分から」

「なんでまたわざわざ……」

藤野らしいといえば、藤野らしい。

適当にのらくらと誤魔化《ごまか》してればいいものを。自分でせっせと火を熾《おこ》して飛び込むこともないだろうに――

「焦《あせ》ってたんです。父は大学教授なんですが、私と違って社交的な人で……ようちでホームパーティを開いたりしてました。それで、教授仲間の方が娘さんを私に紹介しようとしたり。半分は冗談だったんでしょうが私は居心地が悪くて……ずっと大学を卒業したら本当のことを話そうと思ってました」

「そんな、見合いでも推《お》し進《すす》められたわけじゃあるまいし。あんたさ、嘘も方便《ほうべん》って言葉、全然知らねぇだろ？」

「私はどう思われてもよかったんです。父は素行《そこう》には厳しい人でしたから、相応の覚悟はしてました……ただ、矛先《ほこさき》が向かったのは自分ではなくて、母だったんです。育て方が悪かったのだと父は母を責めるようになって……それが元で最終的には離婚に至ってしまいました。とばっちりを食らった妹にも未《いま》だに恨《うら》まれてます」

ぽつぽつと藤野は打ち明ける。ただでさえ狭い湯船の中で、身を縮《ちぢ》めるように肩を丸めている。

仮原は記憶も曖昧《あいまい》な過去を思い出した。

幼い頃、自分の無邪気な言葉が発端《ほったん》で父は家を出て行った。

「……そういうのは、どうせほかにも夫婦仲が悪くなる理由がごろごろ転がってたのさ。あんたが言わないなら言わないで、なんかべつの問題でダメになったに決まってんだ」

誰に言い聞かせているのか判らない。淡い湯気の向こうの顔は、こちらを見ると微《かす》かに笑った。

「優しいですね、君は。それでも……私は引き金は引き金だと思ってます。銃《じゅう》は転がってるだけじゃ、誰も傷つけませんし。あのとき私は引き金を引いてしまったんです。人を傷つけてまでケジメをつけて、自分に正直に生きようとしたのに……実際はこのとおりで、性的嗜好《しこう》をオープンにしたところで、なかなか人付き合いも上手《うま》くいかない」

皮肉なものだ。藤野は判っていない。今こうして語っている過ぎた真面目さこそが、人を遠ざける原因なのだと。

浴槽の湯を波立て、仮原は俯《うつむ》いている男を足先で小突《こづ》いた。

「あんたには今は俺がいるじゃん。ここに物好きが一人いるだろ？」

藤野が今欲しいであろう言葉を口にする。湯のためか、言葉を受けてか、火照《ほて》った顔が自分を見返してくる。

「仮原くん……君は？　君は、家族はいるんですか？」

「俺？　似たようなもんだな。親はガキんときに離婚してるし」

「そうだったんですか、君のところも……」

母親が再婚したのは、仮原が中学に上がる少し前だ。『普通』の人との接し方も覚えた頃、母はまともになった自分にほっとしたみたいに男を連れてきた。

長い間付き合っているのは仮原も感づいていた。パート先の上司だという男は一見《いっけん》優しかったが、自分を快《こころよ》く思っていないのはすぐに判った。

べつにどうとも感じなかった。母親でさえ手を焼いているのに、赤の他人が調子よく受け入れるはずもない。

父が出て行ってからの母は、理解できない自分を拒《こば》む態度を見せることがよくあった。冷たく突《つ》っ撥《ぱ》ね、そのくせいつも心の中では謝り続けていた。

『しーちゃん、ごめんね。いいお母さんじゃなくて、ごめんね。明日はちゃんと……』

頭に蘇《よみがえ》る声を打ち消すように、仮原は立ち上がる。ざばりと派手な水音が立ち、唐突とも思える行動に藤野が顔を仰いでくる。

「か、仮原くん、もう上がるんですか？」

「腹減った。もう昼だもんな、あんたまだ帰らなくてもいいなら、ピザでも取るか。買いに行くのめんどくさいし」

風呂上がりには普段どおりバスローブを羽織《はお》った。とてもこの家に似合う代物《しろもの》ではないが、ものぐさな仮原は気に入っていて、貸した藤野は使う習慣がないのか落ち着かなさそうにしていた。

二階の一番手前の部屋。居間にあたるソファのある部屋に向かう。電話台の引き出しに確かチラシを突っ込んでいたはずだと、仮原は探り始める。

ソファに座った男が背後でぽつりと言った。

「クリスマスツリー」

「ん？」

「久しぶりに見ました」

藤野が見ているのは、部屋の片隅のツリーだ。畳の上の、高さ一メートルほどのクリスマスツリー。安っぽいビニールの緑のもみの木には、金や銀のモールが巻かれ、丸いオーナメントがいくつも下がっている。

「ツリーなんて今の時期どこでも見るだろ。大学にだってあるんじゃないの？」

「いえ、家の中に飾ってあるのが珍しいなと思って。君が飾ったんですよね？　意外です」

まぁ普通一人暮らしの男はツリーを飾ったりしないかもしれない。

婆さんの遺品の中に見つけたツリーだ。こないだ買い物に来た老婆が、クリスマスの飾りがほしいなんて言うもんだから、物置にあったのを思い出した。

ツリーは安っぽいというより、かなりの年代モノだ。年寄りが好き好んでツリーなんて買うはずもないから、あの客と同じく孫や息子のために昔用意したものだろう。ろくでなしの息子のためのツリーだったのかもしれない。

　飾ったのは、ただなんとなくだ。

「そうだ、もし仮原くんがよければなんですが……クリスマスは、チキンを持ってきましょうか？」

「チキン？」

「前に学生に勧《すす》められて買った店がとても美味《おい》しかったんです。一人では食べきれない量だったので、買ったのはそれきりなんですが……」

「あんたと俺で一緒に食べようって？」

　どらやきの次は、クリスマスチキンか。

「いいよ。どうせならケーキも用意するか。あと、酒だな。ワインかシャンパンか……」

　見つけたピザ屋のチラシを手に、仮原はソファにごろりと横になった。至極《しごく》当たり前に藤野の膝《ひざ》を枕代わりにし、頭上に翳《かざ》したチラシをチェックし始める。

「か、仮原くん」

　藤野は驚いたようだが、特にどかそうとも、身を引こうともしなかった。ピザを吟味《ぎんみ》しながらも、仮原はクリスマスのことを考えていた。

「そうだな、クリスマスケーキは家が載《の》っかってるのがいい」

「家？」

「チョコレートの家だよ。それから砂糖でできたサンタと、あのビニールの食えないもみの木が刺さってるやつ」

「はは、ものすごくオーソドックスですね」

「最近見てない。近頃のケーキは無駄《むだ》に小洒落《こじゃれ》ててさぁ、邪道《じゃどう》なのばっかだ」

女と何度かクリスマスを過ごしたことがある。手料理を振《ふ》る舞《ま》われ、女がケーキの箱をいそいそと開ける度にがっかりした。限定何個とか、舌を嚙《か》みそうな名の大人の洒落《しゃれ》たケーキに仮原は少しも魅力を感じなかった。

箱の中に想像するのはいつも、幼い頃に目を輝かせて見つめたあの安ケーキだ。

「いいですよ。君の理想のクリスマスケーキも見つけておきます」

頭上から聞こえた声に、仮原はチラシを下げる。目が合うと、風呂上がりのためか体温の高く感じられる手のひらが自分の頰を包んだ。

「こうしてると実家の犬を思い出します」

「は？」

「昔実家で飼っていた犬が……大型犬で、父が番犬に買ったシェパードだったんですが、いくつになっても私の膝に乗りたがってました」

「なんだよ、俺があんたの犬に似てるって？」

センスがないにもほどのある言葉だ。眉を顰《ひそ》めると、頭上で藤野は焦《あせ》った顔を見せた。

「ち、違うんです。いつも思ってたんです。犬はどうして人に甘えるんだろうって。いくつになっても……大きくなっても甘えるのが、犬が本能の赴《おもむ》くままに行動しているからだとしたら、人も本当はそうしたいのかもしれないと思いました。人も理性がなければ……ずっとこうしていたいのだと」

温かい手のひら。

自分の頬を両方から包み込む。

「なぁ、あんたさ、なんか歌ってみろよ」

どうしてそんな風に言ったのか、自分でも判らない。この男といると、いつも判らないことだらけになる。

ただ、今この瞬間にあの歌が聞きたかった。

「え……う、歌ですか？　すみません、私は歌は全然ダメなんです。恥ずかしながらすごい音《おん》痴《ち》で……」

「じゃあ、なんか言って。ああ、空の色とか大気の説明以外で。俺を好きとか愛してるとか、セックスしたいとか、そういうの言ってよ」

仮原はじっと見上げた。あの声が聞きたくて、耳を澄ませ、まだ湿《しめ》った黒髪の下りた男の顔を頭上に仰ぎ見た。

「仮原くん」

男の唇が動く。望む歌声を響かせる。

『好きです』

「好きです。あなたが、好きです」


「雹《ひょう》でも降るんじゃないか、心配だね」

嫌みったらしく軒下から聞こえてきた一言を無視して、仮原は店頭の棚の陳列《ちんれつ》を続けた。

まあ占い師の言葉はごもっともだ。このところ、仮原は連日店を開けている。

前に藤野を呼び出す口実で、店の模様替えをした。賞味期限の切れた食品関係をごっそり捨てたら棚が空《あ》いたので、クリスマスの関連グッズを並べた。物置に眠っているのを買いに来たあの老婆のためにうっかり発掘《はっくつ》してしまったからだ。

よりにもよって、期間限定モノ。陳列してしまったからには毎日せっせと店を開けざるを得なくなった。

といっても来るのは物好きの常連客が中心だから、ほとんどは店の奥でだらだらしているだけだけども。

「あ」

レジカウンターの椅子にだらっと腰かけると、カウンターに置いた携帯電話がちょうど鳴った。

藤野からのメールだ。昼にはよく来る。どうやら大学の休み時間に送っているらしい。

時々添付《てんぷ》されているのは、美味しかったランチやら差し入れやら、ときには季節の花の写真。藤野にしてはロマンティックじゃないかと思ったら、『シクラメンは双子葉《そうしよう》なのに小葉《しょうよう》を一枚しか土から出しません』となんのことやら面白味もないコメントがついていた。

写真はいつもピンボケだ。たぶん接写モードで撮り続けているのだろう。「今まで写真を送る相手もいなかったから、カメラが使えて楽しい」なんてこないだ会ったときにぼそぼそ言っていたから、切り替えの常識も知らないに違いない。

今日はどんなボケた写真かと、どこかわくわくした気分で携帯を弄《いじ》る。けれど、意外にもスライド携帯電話の大きな画面いっぱいに映ったのは、クリアで鮮明な食事写真だった。

文面はそっちのけで、写真が綺麗になっている理由を問うメールを送る。

『ゼミの子が親切に教えてくれました』

そう返事が来た。写真は和食の膳《ぜん》の置かれたテーブルだったが、よく見ればテーブルの向こうに人の姿がある。胸元から下しか見えないものの、映り込んだ服装や手の感じからいって若い男だ。

「……なんだよ、これ」

呟きながらも、なにが『なんだ』なのか自分でも判らない。藤野はいつも一人で食事をしているのだとばかり思っていた。一人寂しく食事をして、唯一《ゆいいつ》のメール相手の自分に写真を送り、返信をドキドキしながら待っている。当然そうだと思い込んでいた。

いや、藤野は准教授《じゅんきょうじゅ》だ。学生や職員と昼飯の付き合いぐらいあるのが普通だ。

何事もなかったかのように、当たり障《さわ》りのない返事をした。食事が美味しそうだとか、初めて行った店なのかとか、どらやきみたいに買っては来れないだろうから——今度、一緒に行ってみようかとか。

「……くそ、いちいちつまんないメール送らせんなよ」

携帯電話を放り出す。どうせまたつまんない返事が来るのだろうと思いきや、それきりだった。藤野からの返事はすぐにはなかった。

『返事が遅くなってすみません』で始まるメールが来たのは、深夜になってからだ。自分が待っているのが前提みたいなメールに軽くむっとした。けれど、『学生とのん気に飯食って喋《しゃべ》る時間はあったんだろ』なんて不満を募《つの》らせる自分は、確かに『待っていた』に違いなかった。

なにかがおかしい。これではまるで、自分が嫉妬深い恋人みたいだ。

好きだと言って、セックスを繰り返す仲。藤野と自分は、もしかして付き合っているのかもしれない。それならそれでいい。べつにほかに好きな女も男もいないし、そんな相手がもしできれば藤野とは別れればいいだけの話で、問題はない。

でも、なにかが間違っている。

藤野はもし自分が別れよう、縁を切ろうと言ったらどうするのか。

あっさり受け入れる気がしてならない。元々、自分が好きだと言ったから、それでその気になってオウム返しみたいに好きだと言い始めたような男だ。ほかにも好きだという奴が現われれば、きっと簡単に心を移す。

いや、真面目な男だから二股《ふたまた》はしないのか。

自分が身を引かない限りは——

「……なんだ、それ」

仮原は無意識にまた『なんだ』と口にしていた。

『夜は季節もののコースも楽しめるらしいです。よければ、今度夜にでも一緒に行ってみますか？』

昼の自分のメールへの返事らしき内容が、文面には書かれている。

『じゃあ金曜は？』と返したら、その日はパーティに誘われているとの返事が来た。昼の和食の店のことなど正直どうでもよくて、仮原は藤野が誘われているパーティとやらが途端に気になり始めた。

『パーティってなんの？　どこであるんだ？　誰に誘われてんの？』

完全に鬱陶《うっとう》しい束縛心《そくばくしん》の強い男のメールになっていることに自分で気づかないまま、仮原は送信ボタンを押した。

よもや自分が好き好んでゲイのクリスマスパーティに参加する日が来るとは思ってもみなかった。

藤野《ふじの》が誘われていたのは、あのゲイバーのクリスマスパーティだった。クリスマスといっても、本番まで一週間ほど残した金曜日。仮原《かりはら》は藤野と一緒に店に向かった。

出迎えるのは入口の大きなクリスマスツリーと、やっぱりカウンターのあのオーナーバーテンらしきカマ男だ。

「はぁい、いらっしゃ……あ、あら、ユキちゃん。仕事忙しいって言ってたから、てっきり今夜は来れないのかと……」

気色の悪い言葉と笑顔も変わらずだ。しかし、どことなく様子がおかしい。

「えっと、どうぞぉ、特等席空《あ》いてるわよ。ふふ、こないだのハンサムボーイも一緒じゃない」

『まずいわ。彼が来るなんて』

勧《すす》められた隅のカウンター席は静かに過ごせそうで、不満はないが『声』が引っかかる。カウンターの男の目線が一瞬不自然に店の奥に向けられたのを、仮原は見逃さなかった。

背後を確認して驚いた。

知った顔がいる。奥のテーブル席に、数人の客に混ざって座っているのは、藤野の車に同《どう》乗《じょう》していたあの男だ。

借金男。まさかこんなところで会うとはびっくりだ。

あの男もゲイなのか。この店に来ているのが偶然とは思えない。藤野とはどういう関係なのか。

疑問と共にぶわりと不快な感情が湧《わ》き起《お》こり、咄嗟《とっさ》に藤野の腕を引いていた。

「あっちのテーブルにしよう、藤野さん」

ちょうど男の後ろのテーブルが空いている。

「あ、はい、私はどちらでも……」

藤野は男に気づいていない様子だったが、座った席で耳にした声にびくりと身を竦《すく》ませるような反応を見せた。

「借金なんて、そんなのもうとっくに決まってるだろ！」

上機嫌のよく通る声が響いてくる。

大学の実験作業がこのところ忙しいという藤野に合わせたため、時刻はもう九時前だった。借金男はすでに酒もだいぶ入っているのだろう。辺り構わず自慢話としか思えない会話を繰り広げている。

呆《あき》れた話だ。どうやら、藤野は結局こいつに金を貸したらしい。しかもその一部は返済に回らず、行く先は新たなギャンブルの軍資金《ぐんしきん》。たまたま大当たりしたスロットでの儲け話《もうばなし》を、鼻高々でしているというわけだった。

「もうさぁ、ツキががっつり戻ってきたってかんじ？」

「けど、おまえどうやって元手《もとで》作ったんだ？　その借金の返済も……たしか親父さんが事業で失敗したとかだったよな？」

「あ？　ああ、まぁね、貢《みつ》いでくれるヤツがいんのよ。昔っから俺には甘いっていうか、案外惚れてんのかもな、ほいほい金貸してくれるし……」

聞いちゃいられない。

ガンっ。仮原は跳ね上げた膝《ひざ》で、テーブルの天板《てんばん》を打った。

激しく響いた音が会話を引き裂く。ぎょっとなった男が、こちらを振り返った。

「あんたさぁ、随分調子のいい話してんじゃね？」

「……はぁ？　誰だ、おまえ？」

事態をまるで飲み込めていない男は憮然《ぶぜん》とした顔で仮原を見返してくるも、脇からかかった声に一気に顔色を変えた。

「か、仮原くん、やめてください」

「ふ、藤野……今日は来ないはずじゃ……」

どうやらカウンターの男に確認をしていたらしい。どうりであいつが焦《あせ》った顔をしていたわけだ。

「え、えっと……こいつ、藤野の知り合いか？　あ……あれ、もしかしてあのときの車の……足、治ったのか？　つか、なんでここに？」

男は頭に疑問を躍《おど》らせているが、問いただしたいのはこっちのほうだ。

「あんたさ、確か原田《はらだ》とかいったっけ？　なぁ、誰があんたに惚れてんだって？　誰がほいほい金貸してくれるって？」

「な、なに言ってんだ、おまえ……」

『こいつ、金のこと知ってんのか？　なんで知ってんだ、藤野が話したのか？　どこまで……』

「話なんか聞いてねぇよ。ていうか、あんたもこっちの世界の人間だったとはなぁ」

言い訳も嘘も、興味はない。

仮原が聞きたいのは真実だ。興味があるのは、心の声だけだ。男が考える傍《そば》から、『声』は質問の答えとなって聞こえてくる。

「……へぇ、あんた両刀ってか。あんたらしいね。お楽しみは倍のほうが楽しいってか？」

「さ、さっきから、なに言ってんだ。頭おかしいんじゃないのか、おまえ」

「いいから正直に金のこともお仲間に言えよ。カッコつけてんじゃねぇよ、借金はテメエがギャンブルで摩《す》った金だろうが！」

「ちょ、ちょっと、仮原くん……」

制止しようと、テーブル越しに伸ばされた藤野の手を振り払った。突然始まった小競《こぜ》り合《あ》いは周囲の客の注目までもを集める。

「言えよ、ほら全部、俺に聞かせてみろよ」

なにも話すまいとしてか、男は口を硬く引き結んだ。けれど、そんなことは真実を知るのになんの妨《さまた》げにもならない。

「はぁ、そんなに……大した額だな。闇スロにバカラで借金地獄か。そんで消費者金融じゃ間に合わなくなって、闇金《やみきん》に手ぇ出したと。絵に描いたような借金コースだなぁ」

男の目が落ち着きなく震え出す。

仮原から遠ざかろうとでもするように、椅子の上の尻を引く。

「な、なんでその話……」

「誰にも言ってないのに？　まぁいいさ、どんな理由で借金作ろうとあんたの勝手だ。けどな、人に尻拭《しりぬぐ》いさせてのうのうとしてんじゃねぇよ」

「しょ、しょうがねぇだろっ」

「しょうがない？」

『取立てが……』

ぱっと閃《ひらめ》くように『声』は聞こえた。男が走馬灯《そうまとう》のように蘇《よみがえ》らせる過去の所業《しょぎょう》は、言葉というよりむしろイメージのように仮原の中に流れ込んでくる。

「取立てが怖かったってか？　毎日昼も夜も家に押しかけられて、そんでちょっと脅《おど》し文句言われたぐらいでみっともなくションベンちびってそれで？　それからどうしたよ？」

仮原が振《ふ》り翳《かざ》しているものは、言葉のナイフだった。暴《あば》き出《だ》す。切り裂き、その胸の内に押し隠したものを引《ひ》き摺《ず》り出《だ》し、無造作に並べ立てる。

「な…んだよおまえ……」

「ママが恋しくなって実家に帰って、親父に勘当《かんどう》言い渡されたか？　あれ、親父さんは事業に失敗してショックで入院したんじゃなかったっけ？」

「な……んだよ、おまえっ！」

「笑わせんな、このクズ野郎が!!」

立ち上がる。殴《なぐ》るつもりはなくとも、まるで威圧感にでも押されたみたいに男は体を仰《の》け反《ぞ》らせた。バランスを崩し、派手な音を立てて椅子からずり落ちる。訳も判らぬまま晒《さら》される過去に、尻餅《しりもち》をついた男は怯《おび》えた目で自分を見上げてくる。

「……くん！　仮原くん、やめてください!!」

藤野の手に腕を取られ、仮原ははっとなった。

いつの間にか周囲だけでなく、店全体が固唾《かたず》を飲んだようになり、人の声をなくした店内には、古く懐《なつ》かしいクリスマスナンバーだけが上滑《うわすべ》るように流れていた。

背後をついて歩いてくる藤野の気配に仮原は早くから気づいていた。

店を出たのは十時を少し回った頃だ。騒ぎになってしまったとはいえ、すぐに帰るのは、非でも認めるみたいで冗談じゃなかった。

どっかりとテーブルに腰を落ち着け酒を頼んだ。息巻く気持ちで飲んでも、なかなか酔うこともできず、杯だけを無駄に重ねてしまった。こんな美味《うま》くない酒は久しぶりだ。同席の藤野も静かなもので、一、二杯飲んでいただろうか。隣のテーブルのあの男は、藤野を意識して早々《そうそう》に退散していった。

「仮原くん」

仮原は裏道を抜けて、駅へ向かっているところだった。藤野が後ろから何度目かの声をかけてくる。

生返事を繰り返していた仮原は、ついに根負《こんま》けしたように言葉を発する。

「あんたさ、結局あいつに金貸してたんだな」

藤野の問題だ。そう判っていながらも、まるで自分のことのように腹が立ってならなかった。

「一度だけです。一度は彼を助けてもいいと思ってましたから」

「ふん、その一度であいつがなにやってたか判ったろう？　あんたの善意なんか、これっぽっちも伝わっちゃいねぇよ。ああいう奴はいくら反省したって、反省した自分さえ裏切る。庇《かば》う価値もない男だ」

車の中で、それなりに自省《じせい》していたくせして結局はあの有様《ありさま》だ。

むしゃくしゃする。酒のせいか怒りのためか、冬の夜の冷たい風さえ感じないほど、体が熱い。どんなに無価値な男であろうとも、藤野があの男を庇い立てしたのに変わりはない。

「仮原くん、君はどうしてあんなに彼のことを知ってたんですか？　あれは……口からの出任せではないんでしょう？　どこで知ったんですか？」

ずっと問いたかったのだろう。当然の疑問だ。カウンセラーだのセラピードッグだの、そんな誤魔化《ごまか》しでもう通じるレベルではない。

「……いいだろ、そんなこと。それより……俺の質問に答えろよ。あいつとも寝たのか？　あんな男でも好きになるってか？」

「彼に特別な感情はありません。ただ、昔馴染《むかしなじ》みで見過ごせなかっただけです」

背後から聞こえてくる声は沈《しず》みがちだ。

「ふうん、否定すんのはそこだけか」

「学生時代に……誘われて興味本位でそれらしいことをしてしまったことはあります。でも最後までは……とにかく軽率《けいそつ》でした」

知らん顔でずっと歩き続けていたのに、仮原は堪《こら》え切《き》れずに背後を振り返っていた。

「軽率？　よく言うよ。どうせあの野郎に好きだとかなんとか言われて、その気になったんだろ？　どんだけ尻軽《しりがる》なんだよ、あんなクズ野郎にまで……」

「前にも話しましたが、大学での彼はああではなかったんですよ。たまにバイト帰りにパチンコをするぐらいで、景品でもらった菓子を嬉しそうに私にくれたりしてたんです」

そんな話、聞いたところで少しも同情できない。むしろただでさえ頭から下りない血が、上昇しそうになる。

「ああ、そうかよ。だったらあいつをヒモにでもしてやればいいだろ、准教授《じゅんきょうじゅ》先生はさ」

「どうしてそんなに怒るんです」

そんなことも判らないのか。

そう怒鳴りつけてやりたいのに、自分でも理由が判らない。

――いや、判りたくない。

「……ついてくるな」

「でも……」

「鬱陶《うっとう》しいんだよ。さっきから一人で帰るって言ってんだろ、ついてくんな！」

子供じみた牽制《けんせい》。言い切られて、藤野が足を止めるのを感じた。

「……くそ」

歩き去ろうとして仮原の足も止まる。

くそ、くそ、クソったれ！

頭の中でいくら毒づいたところで、自分の望みは変わらない。

動き出せずに、仮原は振り返った。藤野を見る。いつもぼんやりとした目をして、どこを見てるか判らないような男の眸《ひとみ》は、はっきりと自分を捉《とら》えている。

追いかけることをしない男は、ただ臆病《おくびょう》なだけなのか。『声』を聞くより先に、仮原はその腕を引《ひ》っ摑《つか》んでいた。

引き摺るようにして歩き出す。

「か、仮原くん……痛いですっ、仮原くん？」

置いていけない。口先でいくら追い払おうとしようとも、どうしても自分はこの男を手放せない。

必要だから。どうしてもそう思えてならなかった。

もう足も完治《かんち》しており、電車で帰るつもりだったのにタクシーを利用した。藤野は逃げたりしないと判っているのに、一時《いっとき》でも手を離すのが怖くて、自分に繋《つな》いでおかずにはいられなかった。

タクシーを降り立つと、摑んだままの腕を引く。無言で自宅に向かった。軒下《のきした》にはやっぱりあの占い師が陣取《じんど》っていたが、物言う隙など与えなかった。

尋常でない勢いで家に戻り、藤野を二階へ連れて行く。

「かっ、仮原くんっ……」

戸惑い、時折足を縺《もつ》れさせそうになりながら自分について来る男を、寝所《ねどこ》にしている六畳間に入らせる。

明かりはつけなかった。必要ない。今この手にしているものが、仮原の必要としているもののすべてだった。余裕なく、その体を押し倒す。畳《たたみ》に転倒した藤野は、覆《おお》い被《かぶ》さる自分を呆然と見上げてくる。

店から慌てて自分を追ってきた男は、コートは着る余裕もなく手に引っかけたままだ。腕に抱《かか》えられたそれを邪魔だとばかりに遠くに放りやる。

服を脱がせる。ジャケットにシャツにスラックス。普段よりも、どことなく小奇麗でセンスよく纏《まと》まっている。自分と会うためか、あの店の連中に見せるためか。これもまた研究室の若い男にでも教わったのか。

自分以外の相手を僅《わず》かでも考えると、火に油を注《そそ》いだみたいに腹が立ってならない。

「仮原くん、ちょっと話をっ……先に話を、しませんか」

「……話なんてない」

「き、聞きたいことがあるんです。さっきの……どうして君は原田のことが判ったんですか」

「どうして？　は、あんたには教えてやっただろ。心の声が聞こえるからさ。あいつがぺらぺら煩《うるさ》く頭ん中で喋《しゃべ》るから、俺はなんでも判る」

「仮原くん……真面目に答えてください」

藤野の口からそんな反応が返るとは思っていなかった。こっちは大真面目だ。あのときは『可能性』なんて言い出したくせに、結局いざとなればこれか。

「……うるさいな。ヤりたくないならはっきりしろよ」

自分ばかりが熱を求めている。

「嫌じゃありません。君が望むのなら私は……」

宥《なだ》めるように両手で触れられた頬に、仮原はカッとなった。

「へぇ、もしかして、こうすれば俺が機嫌直すと思ってんのかよ。安く見られたもんだな」

「違います、どうしてそんな風に君は……」

「セックス一つでなにが変わるってんだよ。させてやってるみたいな顔すんな。俺だって、俺だって最初はしてやってたんだよ！」

藤野の顔も心も強張《こわば》るのを感じた。

「してやってって……」

「そうさ、あんた誰でもよかったんだろ？　好きだって言ってくれれば、それでよかったんだろ？　だから言ってやったんだよ」

「言ってやったって、そんな……じゃあ、君の気持ちは……なかったと言うんですか？　あれは、やっぱり嘘だったと……」

青褪《あおざ》める藤野の心を無視した。自分から逃《のが》れようと、半裸《はんら》で畳の上をずり上がろうとするその腰を抱く。ぐいと自分の元に寄せ、引き戻せば、小さな悲鳴が『声』となって聞こえた。

畳に裸の背中が擦《こす》れて痛かったらしい。

「あ……」

仮原は焦って身につけたままだったコートを脱いだ。自分の黒いハーフコートで、藤野を包むように抱く。厚手のウールのコートは、敷けばその肌が摩《す》れることはない。

「……仮原くん？」

腕の中の藤野が不思議そうに自分を仰《あお》ぐ。まるでちぐはぐな行動。乱暴に意のままにしようとするかと思えば、労《いた》わりを見せる。

けれど、優しくしているつもりは仮原にはなかった。

ただ、自分がそうしたいだけだ。

藤野が傷つくのが嫌なだけ——

窓からの淡い月明かりに、黒いコートの上の体が白く浮かび上がって見える。

頼りなげに見えて硬い体。男の体に触れる。見事なまでに平べったい胸を、噛みつくみたいに愛撫した。

藤野の好きな場所を嬲《なぶ》る。ちゅくちゅくと音を立てて吸い上げ、いっぱいに膨《ふく》れるまで育て上げ、時々歯を立てた。硬く膨らんだ両胸の粒を、指と歯先とできゅうっと引っ張れば、その体は弓なりに反《そ》り返《かえ》って薄い胸を突き出してくる。

「……あっ、ぁ……痛……いっ……」

藤野は緩《ゆる》く頭を振る。抑えた悲鳴にも微《かす》かな情欲が滲《にじ》んでいるのを仮原は感じ取り、もっと激しく乱れさせたいと強く思った。

もっと。もっと狂わせてやりたい。

「……かり、はらく……っ……」

男の中心は半勃《はんだ》ちで頭を擡《もた》げていた。ずり上がろうとする腰を捉え、足を開かせて、同性である証《あかし》の性器に唇で触れる。自分でも奇妙なくらい口淫《こういん》に抵抗を覚えなかった。尖端《せんたん》から根元へ。食らいつく。口腔《こうこう》深くへ飲み込んでいく。じゅっと音を立て、包んだ鈴口《すずぐち》を吸い上げれば押さえ込んだ腰はびくびくと跳ねて快感を示した。

「……あっ……あっ……」

藤野は感じていた。狭間《はざま》を割り広げるようにして窪《くぼ》みを剝《む》き出《だ》しにする。乾いた場所は指さえもすぐに受け入れられそうもなくて、仮原は身を起こすと窓際の低い棚の引き出しを探り、ローションのボトルを取り出した。

だいぶ前に藤野のために購入したものだ。やっぱりそのための道具は具合がいいようで、使ったときには藤野はアンアンと女みたいにみっともない声で喘《あえ》いで仮原を喜ばせていた。

情けない声を上げさせるのは面白い。悶《もだ》えさせるのは楽しい。

藤野が自分に身を委《ゆだ》ね、気持ちよさそうにしているのを見るのが好きだった。

「……あ、待っ…て……待ってくださっ……」

「これ、あんた好きだろ？」

「ひ…ぁっ……」

ボトルの先っぽを、怯《おび》えて縮《ちぢ》こまる場所に押し込んだ。つるりと大した抵抗もなく収まった先から、慣らすためのものを流し込む。焦《じ》らす余裕はなかった。服を脱いだ仮原は、濡れそぼった入口に自身を宛《あて》がい、何度か擦りつけるような動きで馴染ませてからそこを開いた。

撓《しな》り切《き》った昂《たか》ぶりを、藤野の中へと飲み込ませていく。

中はローションで冷たく感じられた。アルコールで火照《ほて》った仮原にはそれも気持ちよかった。ぬかるんでいるせいで、可哀想なぐらい抵抗はない。狭くてきつい道筋は、切なげに震えながら仮原自身の形に広がっていく。

「……あっ、あっ、や……嫌っ……」

じゅっじゅっと淫《みだ》らな水音を立てながら出し入れした。コートの上で体が上下するほどに揺さぶられ、次第に藤野は拒絶とも嬌声《きょうせい》ともつかないような声を上げる。

「嫌…っ、いや……」

『……そこっ、そこ……いいっ、いいっ』

体の奥で、熱を孕《はら》んで艶《つや》めく『声』。じわじわと侵食《しんしょく》するように大きくなっていく、物欲しげに蕩《とろ》けた『声』は、仮原の理性を根こそぎ削《けず》り取《と》っていく。

今頃になって酔いも回ったみたいに、思考はどろりとしていて、性器に纏わりつく快感は、もうそれが自分のすべてでも構わないと思ってしまえるほどに気持ちがいい。

「……すっげぇ恥ずかしい声。なぁ、あんた、俺にどんなエロ声聞かせてるか判ってる？」

あっとなって口元を手のひらで覆う男に、思わずくすりとした笑いが零《こぼ》れる。

「無駄だよ、全部聞こえちゃってるから。もっと啼《な》きなよ……藤野さん、もっとやらしく啼いて、もっと乱れて俺をメチャクチャに興奮させろよ」

「嫌…です、こんな……こんなのは……」

「嘘つき。もっと突いて、掻《か》き回《まわ》して、ぐちゃぐちゃにして、だろ？」

「そんなっ、そんなこと、考えてなっ……」

「考えてない？　じゃあ、考えるようにしてやるよ」

男にしては細い腰を抱く。奥まで嵌《は》め込《こ》んで、深いところを暴き立てる。ずるりと強張りを抜き出し、ゆっくりとまた挿入《そうにゅう》した。抜いては嵌め込む。何度でも。藤野のいいところなんて、もう嫌になるほど覚えている。

「や……い、やだ、嫌……」

首を振る男の唇から発する声など、仮原にまるで意味はなかった。

『あ……っ、い……いいっ、気持ちい……』

「ほらみろ、気持ちいいくせに、俺に嘘なんてつこうとするんじゃねぇよ」

『や……いい、いいっ……』

「いい？　どこがいいの？」

『……の、……おしり、の穴っ…』

「藤野さん、可愛いね。やっぱ、俺と違って品《ひん》がいいや……おしりの穴だって。可愛いな」

仮原は小さく笑う。けれど、余裕めいた笑いで相手を翻弄《ほんろう》したつもりでも、夢中になって我を忘れているのは、自分に違いない。

藤野の目が見開かれる。

「なんで……」

どうして、自分の頭に浮かんだ言葉を口にするのか。今更そんな問いをぶつけてくる藤野の眼差しに、仮原は特に繕《つくろ》おうともしなかった。

「だからさ、なんべんも教えてるだろ。俺は心の声が聞こえるんだって」

「こころ……」

仮原は身を屈《かが》める。「そうだ」と囁きかけながら、その耳朶《じだ》からこめかみの辺りに熱っぽい唇を彷徨《さまよ》わせる。

「で……でも、それは冗談、だと……」

「本気だって言ったら、あんた納得したわけ？」

『そんな……信じられない』

「そんな、信じられない？　一緒に可能性、考えてくれたくせに？　ああ……あれはただの空想話だっけ？」

覗《のぞ》き込《こ》んだ顔は、驚愕《きょうがく》に強張って見えた。宥めるつもりで唇に触れてみても反応を示さない男に、仮原はちりっと胸が焼けるような痛みを覚える。

『彼は…なにを言って……そんなはずはない、そんなはずはない、からかわれてるんだ』

「そんなはずはない、からかわれてるんだ？」

わざと藤野の心をなぞる。納得するどころか、届いた次の言葉に仮原は激しく失望せずにもいられなかった。

『……怖い』

胸がひりつく。よく知る痛みだ。子供の頃から、何度も何度も繰り返し覚えた。

「怖い？　俺が？　怖がることなんてなにもないだろ。どうせ、あんたろくに嘘もつけない性格じゃねぇか。ムカつくぐらいバカ正直なんだからな」

「……ムカつく？」

「そうだ。あんまりバカ正直だから、最初は腹立つ奴だと思ったさ。車で送り迎えさせたのも、腹いせにせいぜい振り回してやるかってな」

言葉を叩きつける。胸の奥に蟠《わだかま》る痛みを、そうすれば吐き出してしまえるとでもいうように。

「あんたが最初に思ったとおりだ。俺は、あんたなんか嫌いだった」

「だったら……だったらなんで、私をっ……好きだなんて言ったんですか。こんなことまで……」

「あんたがそれを望んでたからだ。あんたの欲しい言葉なんて、いくらでも俺は判る。だから言ってやったんだよ、最初は……」

最初は、なんだ？

その後に続く言葉はちゃんと判っているのに、上手く口に出せない。

「……っ……」

仮原は胸元を突いた力に息を飲んだ。突《つ》っ撥《ぱ》ねる男の両手が、自分の胸元を押している。

「……放してください」

『もう嫌だ』

「やめてください」

『もう、聞きたくもない』

聞きたくもないのはこっちのほうだと思った。

藤野の両手を取る。

「カッコつけんなよ、コレが欲しかったくせに。ずっと、男が欲しかったんだろ？　好きだよ、なんべんでも言ってやる。あんたの欲しい言葉だ」

「……嫌です、聞きたくな……」

「嫌じゃない。さっさと、いいって言えよ」

捉えた両手を男の頭上で一纏めにする。体を敷き込み、藤野の深い場所を自《みず》らの欲望で穿《うが》つ。

先端の張り出した部分で、探るように藤野の中の一番いいところを突いた。逃げ打つ体を許さず、執拗《しつよう》に求め、絡《から》め取《と》るように快楽で満たしていく。

「や……いや……」

藤野はやがて、啜《すす》り泣《な》くような上擦《うわず》る声を上げ始めた。

「や……や、いいっ……」

『も、いく、いくっ……』

しゃくり上げる声と『声』を響かせながら、繋《つな》がれたままの腰を弾ませる。

触れないままの男の性器の先から、ぱたぱたと先走りの雫《しずく》が散った。次の瞬間には、どろりと色づいた体液が腹に零れる。

藤野が射精しているのにも構わず、仮原はその体を貪《むさぼ》り続けた。

「……はあっ、は…っ……」

息を喘がせる。体が熱くて堪《たま》らない。欲望を満たすための体なら、今こうして意のままにしているはずなのに、乾いた心はなかなか癒《い》えようとはしない。

硬く撓った肉の棒《ぼう》を、男の中へ何度も突き入れる。小刻みに激しく揺さぶり動かしたかと思うと、ゆっくりと抜き出し、時間をかけて何度も根元から尖端まで行き交わせる。

たぶん本能だった。藤野を犯しているのを確認したい。誰に犯されてるのかを、覚え込ませたい。独占欲とか、所有欲。そんなものだったのかもしれない。

でも、名づける言葉も理由も、仮原は知らないままだった。

ただいくら繰り返しても足りない気がして、目の前の男が自分のものにはならない気がして、どこまでもついてくる焦燥感に突き動かされる。

「……イイって言えよ。欲しいって、俺が……欲しいってさぁ、言えよ」

「……っ、や……っ、う……」

藤野の『声』はいつの間にかあまり聞こえなくなっていた。弄《もてあそ》ばれるままに朦朧《もうろう》となってきている男は、無意識の声を小さく漏らすばかりだ。

抜かずに二度射精した。満足したつもりだったけれど、ほっとした藤野の『声』が聞こえた錯覚に、嫌がる尻を叩いて三度目は後ろから挿入した。

高く腰を上げさせ、自分の放ったもののどろどろと溢れる場所を露《あら》わにさせる。ぐちゅぐちゅと音を立てて、欲するままに激しく突き入れる。

藤野の啜り泣く声を聞きながら、仮原は快楽に溺《おぼ》れた。自分の中の快感の源《みなもと》を、男の肉で擦り上げる。そこは藤野にとっても気持ちのいい場所で、か細い声で啼く男の粘膜《ねんまく》は仮原を淫ら

に締めつけて煽《あお》り立《た》てた。

気持ちいい。気持ちいい。いっそ、快楽で死ぬことができたらいい。このまま消えてなくなることができればいいのに。

鈍《にぶ》くとろとろとした思考。幸福感の中で、破滅的なことを考える。

この中に入りたい。体も心も丸ごとすっぽり入り込んで一つになって、藤野の中で暮らせたらいいのに。そうすれば、自分は一人ではなくなる。

ああ、そうかもしれない。

藤野を自分のものにしたいんじゃない。

自分はきっと、藤野のものになってしまいたいのだ。


目が覚めると、仮原《かりはら》は犬になっていた。

藤野《ふじの》の大きな飼い犬で、耳や鼻をひくひく動かし、尻尾《しっぽ》をせっせと振って藤野の後をついて回っていた。

朝は藤野が新聞を読む間、その膝《ひざ》に顎《あご》を乗せて過ごす。昼間は『仕事が忙しいから』と窘《たしな》められて、その足元でしゅんとなって耳をへたらせて待つ時間もあるけれど、夜にはまた自分だけを見つめてくれる。

眠りにはベッドで一緒につく。空に星が散らばる夜も、強い風が窓を激しく揺さぶる夜も。藤野の腹の辺りに丸くなって、その体に寄り添い、包まれて夢も見ずに安心して眠る。

自分は藤野の犬だ。

幸せだった。


目が覚めると、仮原は一人だった。

どうして自分は一人なのだろうと、布団の上でお座りをした犬のようにへたり込んで考えた。自分が寝ぼけているのだと判るのに、そう時間はかからなかった。

両手を見る。仮原はヒトのままだった。

すごく残念な気分の自分をおかしいとは思わなかった。

隣にいるはずの男はいない。窓際の棚の置き時計を見ると十時を回っていた。このところ忙しく、週末も休日返上《へんじょう》で大学に行っていると話していた藤野は帰ってしまっていても不思議ではなかった。

——けれど。

無意識にするりと手のひらを滑《すべ》らせたシーツは、皺《しわ》だらけのぐしゃぐしゃだ。部屋の隅に押しやったようになっている自分のコートは、どちらのものか判《わか》らない体液が乾いてこびりついていて、見るに堪《た》えない有様《ありさま》だった。

津波のように一気に押し寄せてくる、昨晩の記憶。布団を敷いた後も、ぐったりして言葉もない藤野を抱いた。ただ腕に抱いて眠るだけのつもりだったけれど、細い首筋や骨の浮いた背中に戯《たわむ》れのキスをするうちにまた欲しくなってしまい、横抱きのまま後ろから挿入《そうにゅう》した。達した覚えはない。挿《い》れたまま途中で眠ってしまったのかも。その辺りになると記憶が曖昧《あいまい》で、ただ今の状況を見るに無茶をし過ぎたのは間違いない。

それに、心の声について話したのも覚えている。藤野は半信半疑のようだった。いや、信じていなくもなかったけれど、喜んで受け入れる様子ではなかった。

酔っていた上に、事の最中にどさくさ紛《まぎ》れのように話してしまったものだから、藤野の反応が今一つ判然《はんぜん》としない。

仮原はシーツを手繰《たぐ》り寄せて一抱《ひとかか》えにし、のろのろと起き上がった。コートは洗濯機は無理だ。精液つきのコートなんて、クリーニングでも断わられるか。

そんなことを考えながら、洗濯機のある脱衣所に向かうと、急に気分が悪くなってきてトイレに駆け込んでいくらか吐いた。

どうやら二日酔いだ。ひとしきり出してしまえば吐き気は治まってきたものの、気分が最悪なのには変わりなかった。

シャワーを浴びてから、藤野にメールを送った。湯に打たれながら考えたのは、素直に詫《わ》びのメールだ。

『昨日は酷《ひど》いことをしてすまなかった。どうか許してほしい』

やけにあっさりとした文面しか思いつかなかったけれど、仮原としては精一杯悩んだ末の誠意ある言葉のつもりだった。

それでも、すんなり藤野が許すと思ったわけじゃない。上機嫌のメールが来るぐらいなら無断で帰るはずもなく、きりきりする気持ちで返信を待ったけれど、一時間待っても二時間待っても返事はなかった。

きっと実験とやらが忙しいのだ。そう考える一方で、何故《なぜ》だか前にもらった和食の写真が頭にチラついた。顔も判《わか》らない、背景の一部でしかなかった男まで意識する自分が煩《わずら》わしい。

いつまでも薄暗い家の中でぐだぐだ考えていても始まらない。仮原は階下に下りた。店を開けることにする。

一部が錆《さ》びついて滑《すべ》りの悪いシャッターを、力任せにガラガラと押し上げる。外は自分の気分などお構いなしに晴れ渡っていて、車道の上に広がる冬の空は、ビルとビルの間に川のように長く横たわっている。

そういえば、空が青い理由はなんだったか。

いつかの藤野の説明を思い返そうとしても、自分はあのとき真剣には聞いていなかった。

確か、光だ。

光の色と波長《はちょう》がどうとか言っていた。頭上から光を注《そそ》ぐ太陽を直視しようとして、途端に痛んだ目を眇《すが》める。しょぼつかせていると、傍《かたわ》らから声をかけられた。

「雑貨屋、随分と遅いお目覚めだね」

いくら儲《もう》かっているのか知らないが、毎日勤勉《きんべん》なことだ。儲からないからこそこの場所を離れられないのか。軽く溜め息をついた仮原は、いつもはろくに相手にしない占い師のほうを見る。

「おまえ、今日はいつからそこにいたんだ?」

「そうだな、十時頃かな」

「……そっか。じゃあ、あの人が帰るところは見てないか」

「あの人って?」

「は? 昨日の晩も俺が連れ帰ってるところを見てただろ? うちに時々来てる客だ」

男は脇に立つ仮原の顔を仰《あお》ぐと、首を傾《かし》げた。

「知らないな。おまえが誰かといるところなんて、俺は一度も見たことがない。いつも一人きりだ。本当におまえ、誰か連れてたのか?」

占い師は薄い笑いを浮かべる。狐《きつね》にでもつままれたみたいな話の展開に、仮原は驚くどころか噴き出していた。

「そんな冗談じゃ座布団はやれないね」

当然だ。仮原には判る。男にちゃんと昨晩の目撃の記憶があるのも、すっとぼけて自分をなにか試しかけているのも。しっかりと耳に聞こえている。

「くだらない。今度つまんねぇ嘘を俺についてみろ、こっから追い払うぞ」

言い捨てて店に戻ろうとして、仮原は響いた『声』に足を止めた。

『やっぱりだ。この男は聞いてる——人の心の声を』

ばっと振り返る。男の顔はこちらに向けられたままだった。自分が振り返り見たことにすら、確信を覚えた顔をして言った。

「雑貨屋、おまえは人の心の声が聞こえるんだろう？」

突然のことに、なにが起こったのか理解できなかった。新たな冗談か。生意気に自分をからかおうとでもしているのか。

そのどちらでもないことは、皮肉にもすぐに判る。

「おまえ……」

「やっぱりそうか。なるほどね、これでいろいろと納得がいったよ。おまえの言動のすべてに辻褄《つじつま》が合う」

「……ど…ういうことだ？」

「どうって？」

「なんでおまえ、それを……」

他人から言い出されたことなどない。

「心を聞いてるなら判るだろう？　俺も人の心の声が聞こえていたからさ。十年前まではね。遠い過去の話だ、今はもう聞こえない。おかげで、おまえに馬鹿にされるぐらい占いも当たらない」

「十年前って、そんな……そんなバカな話、信じられるか……」

まるで凍りついてでもいくように、顔の筋肉が強張《こわば》り、言葉が閊《つか》える。零《こぼ》れんばかりに見開いた目で、仮原は占い師を見下ろす。

男の長く下りた前髪の下の唇が動き、淡々と言葉を放った。

「おや、どうして？　何故、信じられない？　おまえは自分は聞こえていながら、人の話は信じられないっていうのか？　自分以外は、誰も聞こえるはずなどないと？」

足元が掬《すく》われる気分を味わう。確かだと思っていたものが、崩されていく。

そういえば、藤野はなんと説明していた。

耳だ。耳を動かす筋肉が、退化《たいか》せずに残っている人間もいるとかなんとか。犬猫みたいに未だに使える者も少なからずいると。

この力もまた、退化の道を辿《たど》る身体的な能力の一つであるというのなら……自分ただ一人だけに残されたものであるはずがない。

「そんなまさか……」

――いや、違う。あれは空想の話だ。自分の問いに合わせ、藤野が考え出した『可能性』

に過ぎない。

「雑貨屋、どうして自分だけが特別なんて思ったんだ？」

「あ……」

「どうしておまえは俺の話を信じない？」

男の言葉が鼓膜《こまく》を打つ。胸の深いところへと、静かに突き刺さる。

どうして。

今まで自分を認めない周囲に失望していながら、何故《なぜ》この男の存在を自分は受け入れたがらないのだろう。

「認めるのが怖いんだろう？　特別じゃなくなれば、自分を許す理由がなくなるか？　自分以外の人間を愚《おろ》かだと見下げ、裏切り、踏みつけにしていい理由がなくなってしまうか？」

男の足元が翻《ひるがえ》る。体を覆《おお》うカーテンの裾《すそ》から伸びた足は、踏みつけるように地面を叩いた。

冷たい夜のアスファルトに、男を土下座させた記憶が蘇《よみがえ》る。

「…………やめろ」

喉奥《のどおく》から搾《しぼ》り出《だ》した自分の掠《かす》れ声《ごえ》が、酷《ひど》く醜《みにく》く聞こえた。

「……うるさい！　黙れ、うるさいっ‼」

仮原は叫んだ。歩道を歩く人間が何事かと振り返ったが、そんなものは構わず飛びかかっていた。

振り上げた拳《こぶし》に、占い師は大きく身を引いた。小さな椅子は呆気《あっけ》なく引っ繰り返り、白いクロスに縋《すが》った拍子《ひょうし》に机までもが倒れた。激しい音と共に、載せられていたいくつかの道具が辺りに散乱《さんらん》する。

男がいつも机の上で大事そうに手にしていたものも、吹っ飛んで地面を滑るように転がった。

「あ……」

仮原は少し驚く。それは、占い道具の水晶玉などではなかった。

携帯電話だ。

「なんだこれ……」

ひどく古い型で、今も使っているようには見えない。なんとなく拾い上げかけると、占い師は飛びつくようにしてそれを奪《うば》い取《と》った。

地面に座り込んだままの男は、携帯電話を握り締め、自分を見上げてくる。いつもぼさりと顔を覆っていた髪の間から、ほとんどちゃんと目にしたことのなかった顔が見えた。

年の頃は、やはり自分よりも一回り以上は上か。薄い無精髭《ぶしょうひげ》を生《は》やし、世辞《せじ》にも小奇麗《こぎれい》にしているとは言《い》い難《がた》いが、よく見れば整った顔立ちをしている。もう少し若ければ……いや今でも、身なりを整えていれば人目を引く顔だ。

印象的な二重《ふたえ》の眸《ひとみ》。華があるにもかかわらず、どこか遠い場所を見ているような寂しげな眼差しをしている。深い憂《うれ》いを帯《お》びた目だ。

「……おまえ、誰だよ。なんなんだよ！　おまえは、なんだ!?」

男の『声』が答えた。

『アキムラカズヨ』

知らない。まるで知らない男だ。

けれど、自分と同じだと言う。昔は人の心の『声』が聞こえていたと。

そして、今は――

「僕はエセ占い師だけどね。それでも一つだけ君の未来で判ることがある」

「なん…だよ？」

「君は不幸になる」

男はふらりと立ち上がり、小さな椅子や机を起こしながら言った。

「僕と同じ未来だ。僕は道を誤《あやま》った。おかげでこんな有様《ありさま》さ。誰も信じないだろうが、これでも昔はまともな暮らしをしていた」

「ま…まともって？」

「生まれたときから、こんな暮らしをしてるわけないだろう？　遠くへ行きたいと思ったんだ。仕事をやめて、社会から逃げ出して、なにもかも拒絶した。誰にも、自分を理解することなどできないと思ったからだ」

戻した椅子に力が抜けたように男は座り込む。思い出の品か、転がして傷ついた古い携帯電話を手の中に見つめる。

「自分は大切な人を傷つけた。信じることが最後までできずに拒《こば》み、そして失った」

男はすっと微《かす》かに笑った。

「君は特別なんかじゃない。過去の僕と同じ。自分だけが理解されない、不遇《ふぐう》なつもりでいる、ただの傲慢《ごうまん》な人間だよ」


夕方までの時間は、針《はり》の筵《むしろ》にでも座らされているかのように長かった。

藤野の仕事が終わる頃を見計《みはか》らい、電話をしようと考えていた。機嫌を損《そこ》ねている男のメールの返事なんて待っていても埒《らち》が明かない。そう思っていたのに、意外にもひょっこり六時を過ぎた頃にメールが来た。

『今日は忙しくてすみません。今、休憩中です。昨晩のことはどうか気にしないでください』

拍子抜《ひょうしぬ》けする内容だった。もしかしてこれは慇懃無礼《いんぎんぶれい》というやつで、静かに憤《いきどお》っているのではないかと、自分らしくもない不安を抱《いだ》く。

けれど、幾度かメールを繰り返しても藤野の怒りは感じられなかった。自分の特殊な力、心の声についても恐る恐る尋ねてみる。

『まだ混乱してるので、少し考えさせてください』

闇雲《やみくも》に受け入れるわけでもない反応が返ってきた。却《かえ》って安心した。普通の人間の、それでいて藤野らしい返事に思えたからだ。

藤野のことだから、きっと納得できる理論を構築するだろう。納得さえできれば、元通り自分を受け入れられるだろう。

なんだと思った。昼間の占い師の言葉に、正直竦《すく》み上《あ》がったように衝撃を受けていた自分が馬鹿らしく思えてくる。

「……なにが、不幸になるだ」

二階の居間のソファにどっかりと腰を下ろした仮原は、全身の力が安堵《あんど》に抜けていくのを感じた。

自分の人生の失敗を他人にまで押しつけるなと思った。あいつが同じように心の声が聞こえていたとしても、自分までもが同じ結果になるとは限らない。

自分は、不幸になどなりはしない。

手にした携帯電話を握り締める。藤野と言葉を共有できる道具。そういえば、占い師も携帯電話を握り締めていた。

あいつも誰かと最後にこうして言葉を送り合ったのか。

今の自分と同じように。

そして——

ふと、すでに同じ道を辿り始めているような気がして、仮原はぶるっと頭を振るった。

これで最後になったりするはずがない。

仮原は、和室には不似合いな煌《きら》びやかな装飾を纏《まと》ったものを見据《みす》える。

部屋の隅で金や銀のモールを光らせているクリスマスツリー。藤野とはクリスマスの約束を交わした。

大丈夫、ちゃんと会える。イブまでもう一週間ほどだし、今年は土曜日だからいくらでも夜を一緒に過ごせる。

謝ろう。心の声のことも、藤野なら理解してくれる。あいつはそこらの普通の男とは違うのだから、仲直りをするのはきっと簡単だ。

一緒にシャンパンで乾杯をして、藤野の用意したチキンを食べて、そのテーブルで安いケーキを切り分ける。チョコの家はあいつにくれてやろう。自分は砂糖菓子の不味《まず》いサンタでも、ロウソクみたいに味のないメリークリスマスのプレートでもいい。

ほかに望むものがあるなら用意しよう。金もいくらでもある。欲しいものを、なんでもあの男にくれてやる。

だから——ついでに、自分ももらってくれたらいい。

イブは朝から冷えていた。

さすがにこんな日は店を構えたところで客は来ないと思ったのか、占い師は姿を現わさず、仮原《かりはら》の店にも客の姿はなかった。棚のクリスマスグッズはどうやら売れ残り必至《ひっし》だが、そんなことはどうでもいい。

仮原は藤野《ふじの》からのメールを待っていた。

店のカウンターで暇を持て余し、携帯電話ばかりを睨《にら》んでしまう。仕事が忙しくて、クリスマスはどうなるか判《わか》らないとの返事を数日前にもらっていた。思い余って電話をしたけれど返事は同じで、柔らかな藤野の口調はいつもと変わりなく感じられた。

仮原は電話で『声』を聞くことは適《かな》わない。『声』はやはり音声ではないのか。その辺りも気になって、藤野の意見を聞いてみたかったのだけれど、『まだ研究室なんです』と言われてしまうと会話は続けられなかった。

ぐずつく気持ちで午後を過ごした。カウンターの上で、薄っぺらな携帯電話を弄《もてあそ》ぶばかりの仮原は、悪い予感ならずっと覚えていた。

けれど、先にやってきたのは断わりのメールではなかった。

「すみません、仮原さんのお宅はこちらでいいですかぁ？」

すっかり表も暗くなった頃、店の入口から顔を覗《のぞ》かせたのは、宅配便の若い男だ。男は二つの箱を抱《かか》えていた。あまりなにも考えずにサインをしようとして、手が止まる。

一つはチキンで、もう一つはケーキだった。

タイミングを計《はか》ったように、向こうから『行けるかどうか判らないので、送っておきました』とメールが来た。

藤野は今夜来る気がないのだと思った。

これで約束を果たしたつもりか。

仮原は怒りを覚えるまま、行動に移していた。着替えて家を出る。

藤野に会いに行くためだった。

大学までは迷わずに着いた。けれど、広い敷地の中で、右も左も判らずに何度も理学部生物学科とやらの場所を人に尋ねるうちに、自分のしていることのみっともなさを感じ始めた。

すでに冬休みに入っているからか、人気《ひとけ》は少ない。最後に教えられたのは、わりと新しい感じのするすっきりとした十階ほどの高さの建物で、もう夜にもかかわらず、そこはいくつもの窓に明かりが残っていた。

「藤野先生の研究室なら、あそこよ」

足早にどこかへ向かおうとしていた、寒々しい白衣姿の女を摑《つか》まえた。指で示して教えられたのは、四階の角《かど》の部屋だった。

建物の中に入ろうとすると、若い男女が数人出てきた。こんな日に大学で勉強だか研究だかをやっているというのに、なにやら楽しそうに喋《しゃべ》りながら歩いてくる。その後ろについて出てくる男の姿を目にした仮原は、思わず近くに停められていた車の陰に身を隠した。藤野だ。学生たちと、食事の買い出しにでも出るところらしい。

結局、戻ってきた際にも、車の陰からは出ずに見過ごした。自分が声をかけて、学生の前で藤野が気まずい思いをしては可哀想だと考えたからだ。

声をかける勇気がないからだとは思いたくなかった。

どうせすぐに帰るだろう。

その予想は外れた。いくら待っても藤野が帰る気配はなく、一人二人と建物から人は出て行き、窓の明かりも消えていく。

体はとっくに凍《こご》えきり、寒ささえ感じなくなっていた。けれど、不思議と後悔も苛立《いらだ》つこともなかった。

藤野の言葉が嘘でなかったと、ただ安堵《あんど》した。本当に仕事が忙しいのだ。その事実に、体は芯《しん》まで冷えているのに、待てば待つほどじわりと心のどこかが温められていく感じがする。

結局、藤野が出てきたのは十時も過ぎた頃で、仮原はたっぷり二時間以上は待っていた。

「仮原くん……」

藤野は一人だった。

『彼が、どうしてここに』

顔を合わせたのを、後悔した。竦《すく》み上《あ》がる男の『声』に、まるで歓迎されていないのを瞬時に感じ取る。

「藤野さん、来ないほうがよかった？」

「そんなことはありません」

即答してから、藤野はあっとなって顔を強張《こわば》らせた。戸惑う心が聞こえてくる。この瞬間さえ、自分が心の声を聞いているであろうことを意識している。

「む、迎えに来てくれたんですか。今日はもう遅くなるのでどうかと思ったんですが……じゃあ、帰りましょうか」

歩き出す。普段は口調と同じくゆったりとスローペースで歩く男が、急ぎ足になる。まるで、自分と距離を少しでも置こうとするように。

「い、いつから待ってたんですか？　広いのに、よく判りましたね。私は未だに慣れないとこでは迷いそうになるぐらいで……」

異常に『声』を警戒している。藤野は頭がいい。隠すことはできないのも判っている。

ぎこちない会話を諦めたように、藤野は不意に話題を変えた。

「仮原くん、こないだの話……本当に君は聞こえているんですか？」

ただ頷いただけでは、以前の関係には戻れないと思った。仮原はコートの男の背を見つめ、やや遅れて後方を歩きながら言った。

「……聞かなくすることもできる。今は聞いていない」

確かに人の心の声が聞こえない瞬間はある。周囲の音が煩《うるさ》いとき、会話に集中していたとき、意識が散漫《さんまん》になりぼんやりしていたとき。

けれど、意識してそれをコントロールすることはできない。

仮原は今まで一度として、その努力をしなかった。人の心を聞くことへの後ろめたさも、それを利用する罪悪感も、微塵《みじん》も覚えなかったからだ。

だから嘘をつくしかできない。

「簡単だよ……っていうか、集中力いるから聞くの疲れるし」

「そ…うなんですか」

『本当に？　彼は嘘をついているのでは？　本当は、今も聞いているのでは……』

なんでも鵜呑《うの》みにする男が、自分を疑っている。

笑うしかない。普段でも見せないような笑みを浮かべ、仮原は何事もなかったみたいにその言葉をやり過ごす。少しでも藤野の『声』に顔色を変えれば、聞いているのを悟《さと》られてしまう。

自分の精一杯の嘘に、少しずつ藤野の緊張が解《と》けていくのが判った。

「藤野さん、こないだは悪かった。なんか羽目《はめ》外したっていうか……俺、見境《みさかい》なくしてしまって、どうかしてたよ。どうしてもあんたのことが……」

歩調を速めて肩を並べる。隣の頼りなげな小作りの顔は、自分を見るといつものように穏やかな笑みを浮かべる。

「もう気にしてません。何度もメールでそう言ったでしょう？」

『そう言わなければ、彼が来てしまうと思った。彼に会いたくなかった。だから……そう言ったのに』

裏腹に響く『声』。冬の夜気よりもひやりと胸を刺す。

——なにか、言わなければ。

藤野の気に入る言葉、心を揺さぶる言葉を。

今までは簡単にできた。そうやって人の心を靡《なび》かせ、操作して、自分の思いどおりにして生きてきたのだ。

「あんたが嫌がることはしない。もう乱暴なことは絶対しないし、嫌がることも言わない。約束する」

『約束なんていらない。信じられない』

「あ、あんたが嫌なら、セックスだってしなくてもいい。傍《そば》にいるだけでもいいよ」

どうして、自分はそうまでしてこの男を繫《つな》ぎ止《と》めようとするのか。恥も外聞もない、ただ必死さゆえに飛び出した言葉に、藤野は困惑した表情を見せる。

「か、仮原くん、公道ですよ。その話はまた今度に……」

キャンパスの外に出たところだった。行きに自分が辿《たど》ってきたのとは違う、大きな通りに面した通用門だった。

六車線近い大きな道路が目の前を走り、広い歩道にはこの時間でも歩く人影がある。恐らく駅に向かおうとしているであろう男の腕を、仮原は反射的に捉《とら》えた。

「藤野さん！」

ここで、彼の気持ちを変えられなければ終わる。そんな気がした。

「ど、どうしたんですか？」

『怖い』

「藤野さん……」

『彼が、ひどく怖い』

白いコートの腕を摑んだ手が、震えそうになる。

怖いのは仮原も同じだった。湛《たた》えた笑みの裏で、自分を拒絶する彼が怖い。

それでも、言わずにおれなかった。

「俺は、あなたが好きだ」

「……どうしたんです、急に……」

「あなたが好きなんです。本当です、信じてください」

必死だった。

振り向いて欲しい、ただそれだけ。

「信じてください」

『嘘だ』

「本当なんだ。もうあんたに嘘はつかない」

『また、嘘に決まっている』

どうして言葉はこんなにも無力なのか。

届かない。すぐ目の前にいるのに、取り戻せない。

「……わ、判りました。判りましたから、仮原くん、どうか手を放してください」

「藤野さん、また会ってくれますか？　俺を嫌わずにいてくれる？」

「……ええ、もちろん」

優しく自分を遠ざけようとする声と『声』が、仮原を引き裂く。

「また会いましょう」

『もう会わずにいよう』

「私は、君を嫌ったりしてません」

『もう君を好きにはならない』

その『声』を聞きたくないと思うのに、ただそれさえもままならない。自分の思い通りには、もうなに一つならない。

失意の底へと、藤野の言葉一つ一つに引《ひ》き摺《ず》り落とされていく。

絶望感は締めつけるように仮原の心を満たした。

「…………もういい」

「仮原くん？」

「もういいんだ。いいから……もうやめてくれ！」

仮原は震えていた。藤野を捉えた手が、その腕を揺らすほどにがくがくと震える。

放したい。放したくはない。ぐらぐらと揺れる頼りない心は、体までもを無様《ぶざま》に震わせた。

「仮原くん、君……」

「判った。もう、あんたの気持ちはちゃんと判ったから」

「……か、仮原くん！」

藤野が向かおうとしていたのとは、反対の方向へと歩き出す。その『声』から、仮原は逃《のが》れようと急いだ。

最初からなかったものと思えばいい。

元々、藤野の望む言葉を与えたから自分は好かれていただけだ。そして、その言葉はまやかしだったと告げたから嫌われた、それだけだ。

「ちょっと、待って……待ってください！」

藤野はどういうわけか追ってきた。

「放っておいてくれ。いいだろ、ここで別れよう。それであんた、いいんだろうっ？」

「仮原くんっ、でも君、震えてっ……」

出会ったときと同じか。こんなときまで、親切にも自分の様子を心配する『声』が聞こえてくる。

そんな優しさが、自分をまた惑《まど》わせる。

「放ってくれって言ってんだろ！　来るなよ！　こっちに来るな!!」

仮原は振り返り、言葉を叩きつけるように叫んだ。

車道の信号が点滅《てんめつ》している。自分の行く先も判らないまま、走り出す。今まさに赤へと変わろうとする信号を、仮原は藤野をその場に残して走り抜けた。

冷たい風が、頬を刺す。どんなに肌を打つ風が冷たくとも、今夜目にした藤野に比べれば少しも痛くはなかった。

いつか見た光景と同じだった。子供の頃、欲しくてやまなかったものが見せた目を、表情を、今の藤野はしていた。

冷たく自分を拒《こば》みながら、優しさをちらつかせていた母親と同じ。

『しーちゃん、ごめんね』

仮原はいつも、母親が冷たかったから傷ついたのではなかった。心の中で詫《わ》びる母の『声』に、光のように残された優しさに、期待するのに疲れた。明日は変わるかもしれない。明日こそは自分を愛してくれるかもしれないと繰り返し思ってしまう。

『声』など聞こえなければよかった。

いっそ、すべてが醜《みにく》ければよかった。この世界の隅々まで汚いものなら、心置きなく自分は憎むことができた。誰の心にも塵《ちり》一つの小さな輝きもなければ、滅《ほろ》んでしまえとありったけの憎しみをぶつけていられた。

なのにいつも――いつもいつも、残酷《ざんこく》な世界は気紛《きまぐ》れに美しい。

急ぎ足の視界の中で光が揺れていた。夜の暗闇に散らばる街の明かり。寒々しい冬の街路樹《がいろじゅ》を、暖かく彩《いろど》るイルミネーション。きらきらと美しく舞うように、目に映る世界の中で光っている。

「……来んなよ！」

車道の反対側をついて歩く男が見えた。

藤野は横断歩道を渡り損《そこ》ねながらも、自分を追うのを諦めてはいなかった。

「来んなって言ってるだろ！」

叫んでも聞こえないのか。二人の間を幾重《いくえ》にも走り抜ける車の列に阻《はば》まれ、互いの声はまるで届かない。

ズボンのポケットの中に、仮原は違和感を感じた。

『どうして逃げるのですか？』

震えた携帯電話に、メールが届いていた。

歩くうちに、次の信号と横断歩道が近づく。藤野はこちらへ渡って来るつもりだろう。

『話がしたい』

二通目のメールを確認していると、信号が青に変わった。横断歩道を駆け出す藤野を目にした仮原は、ほんの数メートル先にかかった歩道橋を入れ替わるように上り始めた。

自分はなにをやっているのだろうと、さすがに思った。誰から、なにからそれほど逃れたいのかもう判らなくなる。

「俺は、話なんかない。あいつと、もう話なんかっ、したくもない……」

歩道橋を駆けながらメールを打つ。

指が震えた。早く打とうとすればするほど指は乱れ、携帯電話は仮原の手を離れた。

「あ……」

階段を弾《はず》む。カツンカツンと、馬鹿みたいに軽い音を立てながら落ちていく電話に、仮原は慌てて手を伸ばし、そして足を滑《すべ》らせた。

派手に階段を滑り落ちた自分を、通りがかった人間が見る。歩道を歩いていた若者のグループは、ちらとこちらを見上げて失笑し、仮原は何事もなかったかのように立ち上がるつもりがそのまま動けなくなった。

「……仮原くん」

歩道橋の上から、声が聞こえた。

追いかけてきた男の声に、仮原は両手で耳を塞《ふさ》いだ。まるで立ち上がれずに泣き出した子供みたいに、階段の途中で蹲《うずくま》る。

なにも聞きたくない。なにも知りたくない。

「どうして……どうして、逃げたりするんですか！」

耳を塞いでいても、藤野が珍しく張り上げた声は聞こえた。

「……あんたの心の声が聞こえるからだ」

「仮原くん……」

「あんたの心の声を聞くのが怖い。本当の気持ちを知るのが怖い。俺をいらないと言う、あんたが……堪《たま》らなく怖い」

声が情けなく震える。変だと思った。走ったり落ちたりと、馬鹿みたいに逃げ回っていたせいかと思えば、階段のコンクリートをぽたぽたと濡らすものを目にした。

あっけなく涙を零《こぼ》した自分は、本当に子供みたいだった。

藤野に耳を塞ぐ手を引っ摑まれた。

「……だったら、聞いてください。だったら、ちゃんと聞いてください！」

「藤野さん……」

「好きだと、君は私に何度も言ったのに、あれは嘘だったと言った」

ひ弱そうに見える男の手が、強く自分の手首を握り締める。温厚《おんこう》な男の放つ怒りと激情に、自分は今までちゃんと藤野を知っていたのだろうかと思った。

「信じたのに。私が欲しがるからそう言ったのだと……あなたは、私がどんなにその言葉を欲しがってるか知っていて嘘をついた。それを、酷《ひど》いことだとは思いませんか！」

もしも——

もしも、人だけが心通じ合えない生き物だとしたら、それはとても寂しいことだと、いつか目の前の男は言った。

あのとき自分には判らなかった。けれど、藤野はずっと、いくら真《ま》っ直《す》ぐでいようとしても伝わらないその心を寂しく感じながら生きてきた人間だった。

自分は、彼を傷つけたのだ。この、自分にとっては奇跡のように優しく美しい男を。

自分も失ってしまうのだろうか。あの占い師のように——

屈《かが》み込《こ》んだ男の腕を、仮原は握り返した。

「……許してくれ」

『酷い人だ』

「君は酷い人です」

縋《すが》るように、そのコートの袖《そで》を握り締める。

「……許してくれ。頼む……お願いだから、許して……もう一度、俺を好きだと言ってくれ。一度だけでも、嘘でもいい、だから」

なんて、虫のいい言葉だろう。

恥ずかしい言葉だと思った。歩道橋に蹲り、泣きながら男に縋りつく自分など、どこにも人の心を繋《つな》ぎ止《と》める力があるはずもない。

藤野はじっと自分を見つめていた。

そして、言った。

「……好きです。私は君が好きです」

口先の言葉に興味はない。唇から発せられる言葉は、どうやっても仮原にとって多くの意味を持たない。

仮原は小さく頷いた。続いて聞こえてきた男の歌うようなその『声』に、何度も頷いてまた少しだけ涙を零した。

言ノ葉ノ光

「ハッピーニューイヤー！」

「あけおめ～！」

隣で上がった歓声交じりの声に、駅のコンコースの柱に背を凭《もた》せかけた仮原《かりはら》は、目線だけをそちらに向けた。

正月二日の夕方の駅は混雑していたけれど、その中でも見るからに騒がしそうな若いグループは目立っていた。八人ほどのメンバーのうち女性二人は晴れ着姿で、『ブスだな、似合ってねぇ』などと手酷《てひど》い感想を抱きつつ、仮原は目線を元へと戻す。

待ち人が改札のほうからやってくるのがちょうど見え、慌てて背を起こした。

「すみません！　仮原くん、待ちましたか？」

「いや、今来たとこ」

嘘だ。本当は十分以上前に来ていたのに、少し小走りにやってきた藤野《ふじの》に仮原は思わずそう応《こた》えていた。

「そうですか、よかった。今日は随分賑《ずいぶんにぎ》やかですね」

「正月だからな。嫌んなるくらい人だらけだ」

今頃オフィス街は閑散《かんさん》としているのだろうけれど、駅は普段のラッシュどきよりも混雑して見える。どこもかしこも正月ムード一色だ。

「明けましておめでとうございます」

紺色コートの背を正して改まる男に、柄でもなく仮原は目線を泳がせながら応《こた》えた。

「ああ……おめでとう。正月早々よかったのか？　実家に帰ったりしなくて」

「ええ、母のところへは昨日ちょっと顔を出してきました。妹も来てたのですぐに退散《たいさん》しましたけど。父は……父にはもう勘当《かんどう》されたも同然ですから、はは」

藤野は苦笑いする。

そういえば妹には両親の離婚が原因で恨まれていると言っていた。顔もまともに合わせられないならよっぽどだろう。父親に至っては、想像以上に根が深そうだ。

まぁ、真っ当過ぎるほどに育て上げたつもりの堅物《かたぶつ》息子が、突然ゲイだなどとカミングアウトしてきたら、驚天動地《きょうてんどうち》で親の怒りがそうそう収まらないのも当然か。

「仮原くんは？　君は帰省の予定はなかったんですか？」

「俺？　言ったろ、似たようなもんだって。親父はもうどこ住んでるかも知らないし、おふくろは再婚して子供もいるし……って、立ち話でする話でもねぇな。まぁ……似た者同士でちょうどいいじゃないか」

ちょうどいいなんて、軽く言ってしまった。

藤野の反応が一瞬気になったものの、傍《かたわ》らのグループの元にまた一人待ち人が到着したらしく、騒がしい声がどっと上がって『声』は遮《さえぎ》られた。

柔和《にゅうわ》な男の笑みだけが、視界に映る。

「そうですね……じゃあ、食事に行きますか。仮原くん、どこか行きたい店でも？」

「ああ、カニでもどうかなぁと思って……カニすき。前から気になってた店があるんだ。正月も開いてるらしいし」

前からではなく、本当は藤野を誘うために調べた店だった。

正直断られるとばかり思っていた。恥も外聞もなく心を繋《つな》ぎ止《と》めようとしたクリスマスの夜。その後もメールのやり取りはしていたものの、会うのは初めてだ。メールの文中にあった『実験結果が芳《かんば》しくなくて年末は休み返上《へんじょう》です』なんて話が、そのまま自分への牽制《けんせい》の言葉のような気がしていた。

そりゃあ誰だって嫌に決まっている。惚れたのなんだのという前に、心の声を聞かれると判《わか》っていて、その相手に会うのは勇気がいるだろう。

——藤野は自分が怖くなって避けようとしたんじゃないのか。

あの夜、苦し紛《まぎ》れに言い訳をした。『声』を聞くのは大変で、四六時中《しろくじちゅう》聞いていられるわけではないと。『声』についていくつかの説明はしても、それだけは本当のことを伝える気になれなかった。

「カニですか……」

仮原の食事の提案に、藤野はぽつりと言う。

『確か明後日《あさって》……ゼミの食事会もカニだ。教授が食べたいって言い出して……』

タイミングが悪かったらしい。

けれど、藤野は心の迷いとは裏腹にあっさりと笑《え》んだ。

「ええ、いいですよ。じゃあそこにしましょう」

我《が》を通そうとはしない男に頷かれ、先を促《うなが》すように歩き出されて焦《あせ》ったのは仮原のほうだった。

「あっ……いや、やっぱべつのとこにするか。鳥は？　すぐ近所に、何度か行った鳥料理の店があるんだ。ちょっと狭いけど美味《うま》いしさ？」

気を回して口にした言葉に、藤野は訝《いぶか》しげな顔をする。

「私はどちらでもいいですけど……急にどうして？」

『もしかして……これが心を読まれたってことだろうか』

途端に響いてきたのは、自分を疑う『声』。

『あ、だったら、今考えてることも……』

足を止めた男が無言で見せた戸惑いの顔とその『声』を、仮原はどうにか反応はせずにやり過ごし、顔色一つ変えないまま言った。

「ごめん、忘れてたんだ。カニはほかでも誘われててさ。続くのはちょっとヤかなぁと思って。けど、藤野さんが食べたいならそっちにするけど？」

「いえ、私も鳥でいいです。実はゼミの食事会もカニに決まってて……すみません」

馬鹿正直な男は、尋ねてもいないことまで素直に打ち明ける。心の声について知ろうと知るまいと、こんなところは相変わらず藤野らしい。

「そうなんだ、奇遇だな。じゃあ、ちょうどよかったな」

「ええ」

『考えすぎだったみたいだ。疑うなんて……彼は滅多《めった》なことでは聞かないと言っていたのに。どうかしてる』

藤野はほっとした表情を浮かべ、仮原はその『声』に胸を撫《な》で下《お》ろした。

駅を離れ、ガード下を少し行ったところにある小さな店へと向かう。正月で休業も多い中、営業中の店は結構な客の入りだったけれど、幸いカウンター席が二つ空《あ》いていた。

年季を感じさせる風合いの天板《てんばん》に、カウンターの上に並ぶ大鉢《おおばち》に盛られた料理。久しぶりだが変わっていない。

「仮原くん、お酒は飲まないんですか？」

ノンアルコールのメニューを見ていると、藤野に問われた。

「あ……まぁ、ちょっと控《ひか》えようかと思ってさ」

また酔っ払って失態《しったい》を犯さないとも限らない。

「どこか具合でも悪いんですか？」

「いや、べつにどこってほどじゃ……」

『大丈夫かな』

「大丈夫ですか?」

藤野の二重に響く声と『声』は、アルコールなど一滴も入っていなくとも、酩酊感《めいていかん》でも覚えているかのように心地いい。その歌声にも似た『声』に、仮原は一瞬目蓋《まぶた》すら閉じて笑む。

「いいから、あんたは気にせず飲みなよ。せっかくの正月だろ」

「でも、一人で飲んで酔うのもちょっと恥ずかしいですし」

「酔《よ》い潰《つぶ》れたら俺が家まで送ってやるさ。そうだ、日本酒は？　ここ結構いい銘柄揃《めいがらそろ》ってんだ、これなんかちょっと珍しいし、飲みやすい」

『日本酒は前に悪酔いしたから……』

「じゃあ、焼　酎《しょうちゅう》にしとくか？　焼酎もたしか、一とおり有名どころのプレミアが……」

メニューを勧《すす》め見せようとして顔を起こした仮原は、男の表情にはっとなった。

藤野はまた強張《こわば》る顔をして自分を見ていた。

『今のは……？』

しまった、と思う。俯《うつむ》いて口元を見ていなかったせいで、うっかり心の声に普通に応えてしまった。

白《しら》を切り通すしかない。

「なに？　藤野さん、どうかした？」

「……いえ、な、なんでもありません」

ちょっと油断しただけでこれでは、藤野の前で酒を飲むなんてもってのほかだ。面倒臭《めんどうくさ》い。今までは多少会話がおかしくなったところで、堂々としていられた。誰も自分の妙な能力のことなど信じようとしなかったし、藤野に疑われることもなかった。

藤野にもう嘘をつきたくないと思う。なのに皮肉にも、正直でいたい、好かれたいなどと自分らしくもないことを思うほどに嘘を重ねずにはいられない。自分がなにもかも聞いていると知ったら、いくら藤野でもまた逃げ出すに決まっている。

面倒臭い難問。数日前、約束を取りつけたときには浮かれて店を探したりしていたのに、解決する糸口さえない問題を抱《かか》えていると知り気が滅入《めい》る。

頼んだ飲み物が運ばれてくると、仮原はウイスキーのようにウーロン茶をちびちびと飲んだ。藤野は結局、『一杯だけ』といって酎《ちゅう》ハイのサワーを頼んでいた。

「今日さぁ……藤野さん、本当は来てくれないかと思った」

弱気になってぽつりと漏《も》らした言葉に、隣の男は首を捻《ひね》る。

「どうしてです?」

「怒ってたろ。俺がその……いっぱい嘘ついてたこと」

「……あれはもう、謝ってくれたじゃないですか」

その言葉が誤魔化《ごまか》しでなく、本心であるのが仮原には判る。それでも重ねて詫《わ》びずにはいられない気持ちになるのは何故《なぜ》だろう。

「けど……ごめん、ホント悪かったと思ってる。あんとき言ったの、あれは俺の本心だ。本気なんだ。もしかして、まだいろいろ疑ってるかもしんねぇけど、俺は本当にあんたのことっ……」

「か、仮原くん、その話は後で……」

藤野が狼狽《うろた》えた顔を見せる。カウンターのすぐ向こうには調理中の男がおり、気づけば背後に女性店員も皿を掲《かか》げて立っていた。

「お待たせしました〜、本日のお造《つく》りとジャコと水菜《みずな》のサラダです。それから……」

客も店員も犇《ひし》めき合ってるような小さな店で話す内容じゃない。

けれど、どうしても伝えておきたかった。

確認したかったのかもしれない。

あの晩聞いたはずの、藤野の答え——

「藤野さ……」

店員が離れたら、声を潜《ひそ》めてでも話を続けようと思っていたのに、今度は隣の客の会話が邪魔をする。

女物のブランドバッグ一つ隔《へだ》て、狭いカウンター席で隣に位置しているのは、自分とそう変わらぬ年頃のカップルだった。女は今日が誕生日らしい。

「今年もたっくんに誕生日祝ってもらえて幸せよ」

『誕生日だってのに、なにこの狭くて汚い店』

女の白々《しらじら》しい上辺《うわべ》の声と、不機嫌丸出しの本音は隣に座ったときから耳についていた。

奮発《ふんぱつ》したらしい誕生日プレゼントが出てきた瞬間だけ、裏表なく上機嫌になった。

「わぁっ、いいの？　高かったんじゃない？　このネックレス欲しいって言ってたの、覚えてくれてたんだぁ」

『やっぱり誕生日まで別れないでおいて正解だったかも』

とっくに女のほうは冷めているらしいカップルの、虚《むな》しい会話と醜《みにく》い『声』。

仮原にとって、普段ならどうということもない『声』だった。計算高い女など珍しくもない。

なのに、今日は酷《ひど》く癇《かん》に障《さわ》る。

判るからだ。この心の卑《いや》しい女にも、本気で隣の男を愛した瞬間があっただろうことも。商売や犯罪でもないのに、一から十まで計算で異性を手玉に取れる人間などそういない。多くの人間は愛情の欠片《かけら》もない相手と、笑顔で交際できるほど器用ではない。

ただそう、この女は心変わりしただけだ。

「仮原くん？　どうかしましたか？」

隣からかけられた声に我に返る。

「あ、いや……」

「君のオススメのこの手羽先《てばさき》の煮込み、とても美味《おい》しいですよ。君も温かいうちに食べたほうが」

「あ、ああ……そうなんだ、ここに来ると外せなくてさ」

慌てて箸《はし》を伸ばしたものの、手羽なんてどうでもよかった。かといって、もう話を続ける気にもなれない。

あの夜聞いた藤野の『声』。自分の懇願《こんがん》に応えて「好き」と言った男の、輪唱《りんしょう》のように繰り返し響いた心の声は、偽《いつわ》りない本心に違いなかったけれど、仮原の中で遠い昔の記憶のように曖昧《あいまい》になりつつある。

たった一週間だ。藤野はまだ自分を好きでいてくれているだろう。

けれど、人の心がどれほど移ろいやすいものであるか、仮原は誰より痛いほど知っている。

どうして自分に付き合ってくれるのか。また会ってくれるのか。

今もまだ――好きでいてくれているのか。

訊きたいこと、確認したいことは山ほどあるのに、それを言葉にして返ってくる『声』が怖い。

もしも隣の女のように違っていたらどうする。知らん顔で付き合うのか。またあのときみたいに、泣いて醜態《しゅうたい》を晒《さら》して、「捨てないで」とでも言ってみるか。

自信を喪失《そうしつ》している自分に眩暈《めまい》がする。

しっかりしろ、と思う。目をおっぴろげてよく見ろ。藤野はただの男だ。クソ真面目で研究熱心が取り得なだけの、空気の読めない男――

「藤野さん、あんたってやっぱ変わってるよな」

「変わってる？」

「俺の心の声の話、忘れたわけじゃないんだろう？　なのに、よくこうして会ってくれたなぁと思って……なぁ藤野さん、もし……もしもだけど、みんなが人の心が判る世界だったらどうなると思う？」

仮原はロックの酒でも楽しむかのように、意味もなくウーロン茶のグラスを揺らしながら言う。

急に質問を投げかけられた藤野はゆっくりと目を瞬《しばたた》かせた。

「みんなが……ですか？」

「そう。そうすればあんただって俺と付き合いやすいだろう？　みんなが心の声が聞こえる世界。平等だし、お互い様だから気にする必要もない」

カウンターに片肘をついて隣を窺《うかが》うと、酔っ払いの戯言《ざれごと》みたいな話にも、藤野は真剣に頭を巡《めぐ》らす顔を見せる。

「それは、最初から聞こえていたらってことですか？　それともこれから？」

「うーん、どちらでも」

「今から急にそうなっては、核《かく》戦争が起こるほどのインパクトに見舞われるでしょうね。身近な人への信頼が揺らぐだけでなく、政治的にも大問題ですし……」

「じゃあ、前からなら？　元々そういう生き物だったら問題ないだろ？　ほら、なんだっけ……藤野さん、前に言ってたろ……人間以外の動物は心が通じ合ってて、だから喋《しゃべ》らないですむのかもしれないとかなんとか。人間は退化《たいか》しただけだって」

「それは、ただのつまらない仮説ですよ」

「でも、案外いい線いってると思ったけどな。ほかに筋《すじ》の通る話もないしさ」

筋もなにも、可能性なんて真面目に探ろうとしたのは藤野だけだ。

仮原の言葉に、藤野はやや驚いた顔となる。

「そんな、仮説ならいくらでも立てられますよ。例えば……進化が関わっているとしても、こうも考えられます。ヒトだけが直立二足歩行《ちょくりつにそくほこう》を始めたように、心を通じ合わせるのもやめたのだと。そのために言語を手に入れたのなら、退化ではなく進化です」

「能力をなくすのが進化なんてそんなのあるかな」

仮原は思うままに疑問を口にしながら、グラスの中の氷をクルクルと回した。スムーズに回らなくなると、行儀悪《ぎょうぎわる》く指を突っ込んでまで回そうとする。

隣ですっかり箸も酒を飲む手も止めている男は、神妙《しんみょう》に応えた。

「奇妙な進化を遂《と》げている生物はたくさんいます。この世界は小さなボールの上に乗った大きな皿のようなものです。不安定で、微妙な均衡《きんこう》で成り立ってる……進化論というのがあるでしょう？」

「ダーウィンの進化論？」

「進化論では、進化とは流れです。黒い木に止まった黒い蝶《ちょう》と白い蝶は、どちらが捕食《ほしょく》されずに生き残りやすいか。どちらのＤＮＡが残っていくか。そういう積み重ねです。言語を操《あやつ》り、心を閉ざすことが、『残る』ことにほんのちょっとでも優位に働くなら、そのきっかけで皿は傾き、皿の上で起こった流れは互いの重さで速度を増して変化を遂げます。それが進化です」

説明にまた新たな疑問が湧《わ》き起《お》こる。

「じゃあ……もし、優位なのが心の声を聞くことに変わったら？　皿は反対側に傾くことができると思うか？　あと何百万年かけてでも、猿《さる》が人間になるくらい時間かければ、今度は心の声を聞くのが当たり前の世界になるんじゃないのか？」

実際、自分を劣性《れっせい》だなどと思わない。『声』は煩《わずら》わしいこともあるが、多くは利用次第で役に立つ。仮原にとって五感の次の第六の能力みたいなものだ。

それに、突然変わっては変化についていけず混乱する世界も、長い時間をかけて緩《ゆる》やかに移行すれば誰も驚きすら覚えないだろう。

たとえこの目で確認できる時代じゃなくとも、有り得る話だと思った。

自分のような存在も異端ではない世界――

「私は無理だと思います」

藤野は意外にも可能性をあっさり否定した。

つい不満げな声で問う。

「なんで？　どうしてだよ？」

「森に白い木が増えれば、蝶はまた白くなる可能性がありますが、ヒトは違う。残念ながら元に戻ることはできないでしょう。皿の均衡を自分で取ろうとするからです。ヒトは白い木を伐《ばっ》採《さい》してでも、自己保全しようとする。流れに任せることができない。他の生物と違うところです。たとえ肉体や精神が今の世界に適合しなくなっても、ヒトは抗《あらが》わずにいられない……もう生物としては、進化の道を閉ざしてるのかもしれませんね」

手にしたグラスの中で、氷がガシャリと音を立てた。仮原に激しく回された氷は溶けて形を変え、まるで藤野の話に呼応《こおう》したかのように崩《くず》れる。

黙り込んで見つめる仮原の視線に気がつき、藤野はバツが悪そうにした。

「あ、すみません、また変な話になってしまって……」

「いや……なかなか面白い」

「結局、これも心の声を聞くことが身体機能であればという話ですが」

すっかり薄まってしまったウーロン茶を、仮原はぐいと呷《あお》った。

「あんたって……俺が心の声が聞こえるっていうのは本当に疑わないんだな。仮説なんて立てる前に、普通はそっちを否定するのが先だろ？」

藤野は不思議そうな顔をする。

「君はいくつも立証《りっしょう》して見せたじゃないですか」

「立証なんて、いくらしようとしたって、今まで誰も信じようとしなかったよ。他人どころか、お袋《ふくろ》さえな。薄気味悪いものを見る目だ。俺の精神がイカレてるって、どうにか認めさせようとみんな必死だったな」

今更どうとも思わない。仮原は笑い飛ばしたけれど、そんな自分に藤野はやや伏せ目がちになった。

「それは……大変だったんですね。あ……いえ、今も君は大変で苦労してるのかもしれませんが」

同情なんてされたのも初めてだ。

ズレた男。

けれど、それがひどく心地いい。

「なにか新しい飲み物頼んでもいいか？　藤野さんも、飲む？」

「ああ、はい」

メニューに手を伸ばす男の横顔を、仮原はそっと盗み見る。特に際立《きわだ》ったところはないけれど、押しつけがましさのないバランスの取れた顔立ち。いかなるときも理性を失わない落ち着きと、知性を感じさせる。

じっと見入ってしまいそうになる仮原は、今はもう一時《いっとき》も判らなかった。

ただの冴《さ》えない男と藤野を思っていられた自分を。


店を出ると歩道の人気《ひとけ》は減っており、空気も冷え込んでいた。雪にでもなりそうな寒さだ。街路樹に点《とも》されたイルミネーションだけが、暖かそうな色をしている。

『寒い、寒い』と零《こぼ》しながら、仮原は肩をいからせて急ぎ足で駅に向かったが、ふと隣接《りんせつ》するデパートの前で足を止めた。

「仮原くん？」

一人先を行きそうになった藤野が、足を止めて振り返る。仮原が見ているのは、デパートのショーウインドウの中だった。早くも春すら感じさせる柔らかな色を集めたブースの中に、二体のマネキンが並んでいる。

「いや、そのコートいいなと思って」

「ああ、いい色ですね。君がこういうの好きだなんて、意外です」

「違う、あんたに合いそうだなってさ」

「え、私ですか？」

ベージュとまではいかない、明るめのキャメルのウールコートだった。やや細身で小さめの襟《えり》が上品な印象だ。

「俺はこういう柄じゃないな。スーツも着ないし、きちんとする必要もない仕事だし」

道楽《どうらく》のようにたまに店を開けているだけの雑貨屋だ。

「あんたの顔、品《ひん》がいいからこういうの着たら相乗《そうじょう》効果っての？　きっとぴったりだ」

「あ、ありがとうございます……って、お礼を言うのも変ですね」

同時に照れる『声』が聞こえ、顔を見ると藤野ははにかんだ笑みを唇に浮かべていた。もっと近くで見たなら耳や頬が赤らんでいるかもしれないその表情に、仮原もやけに気分がよくなる。

藤野を喜ばせられるのは、素直になんでも嬉しく感じられた。

そういえばクリスマスはあんなことになってしまい、結局イブらしいこともなにもしないまま別れてしまった。

「さっきの店も美味かったけど……今度はもっと静かな店に行きたいな」

ウインドウの中に目線を戻しながら、仮原は言った。

もっと静かなところがいい。そうだ、店で隣にいたあの我儘《わがまま》そうな女でも喜ぶような、静かで綺麗な店。周りの雑音なんて気にならない、藤野の声だけを聞いていられる場所。

冬の外気にあたって冷たくなったガラスに両手を押し当てた仮原は、吸い込まれるように体を寄せてディスプレイを見つめた。

ブースの中は、きらきらしたものばかりが並んでいる。ガラス一枚向こうなのに、手に触れられることはなく、けして入ることのできない世界だ。

まるでこの世界のようだと思った。

同じ住人でありながらも、自分だけがまったくべつのレイヤーにでも乗っかったみたいに、受け入れられることのない異質な存在のこの世界。

藤野と同じ場所へ行きたい。

本当はもっと静かだというこの世界は、どんな風に藤野の耳には聞こえているのか。

「仮原くん、行きましょうか？」

藤野に声をかけられた仮原は、「ああ」と短く応えてショーウインドウのガラスから手を離した。


翌日、仮原《かりはら》は川沿いの道を歩いていた。

吹き抜ける風のせいか、目に映《うつ》るものすべてが寒々しい。正月ムードの街や茶の間など別世界であるかのように、冷たい景色が広がっている。夏には深く茂っていた土手の緑も土肌が見えるほど淋《さみ》しく、川はどんよりとした灰色の流れとなって海へと向かう。

道に人気《ひとけ》はなく、曇天《どんてん》の下で目につく動くものといったら、少し先の鉄橋《てっきょう》の上を走り抜ける電車くらいだ。

仮原は歩き続け、近づいた橋の下をひょいと覗《のぞ》いた。

以前目にしたのと同じ、小さな小屋が並んでいる。橋の下といっても土手の途中で、川原まではだいぶあり、水位《すいい》がちょっとやそっと上がったぐらいでは流されそうもない、まぁホームレスが住み着くには打ってつけの場所だ。

仮原は迷わず土手を下りた。

結構な数の小さな『家』が犇《ひし》めくように並んでいた。日雇《ひやと》いの仕事だの炊《た》き出《だ》しだのに出かけているのか人気がない。一つずつ様子を窺《うかが》い見て回っていると、ブルーシートに包まれた『家』から中年の小男が出てきた。

煙《けむ》たいものでも見るかのような顔の男に、仮原は臆《おく》しもせずに声をかける。

「悪い、人探してんだ。ここに占いやってる奴いんだろ？　名前は……」

最後まで聞かず、男は無言で土手の先を指した。黒く汚れた爪の指が示しているのは、橋を抜け出たところで立ち上っている煙だ。

焚《た》き火《び》をしているらしい。傍《そば》で蹲《うずくま》る人影は、茶色い布のようなものをすっぽりと頭から被《かぶ》っており、まるで存在に気づかなかった。

近づいて見れば、煙ばかりが湧《わ》く錆《さ》びた一斗缶《いっとかん》の火はもう消えかかっている。

「おい」

ぴくりとも動かない毛布の塊《かたまり》に、仮原は声をかけた。

「おい、おまえ」

反応がない。背中の辺りを膝《ひざ》で小突《こづ》いてみようとしたところ、毛布がずるりと動いて男の伸びた前髪と目が見えた。

「雑貨屋……」

「おう、随分《ずいぶん》ご無沙汰《ぶさた》じゃねぇか。正月休みか？　ホームレスのくせして優雅なもんだ」

クリスマス以降、ずっと占い師は店の前に姿を現わしていなかった。何度追い払おうと、土下座までさせようといなくなることはなかったのに。

急に来なくなってはちょっとは気になる。

それに――

「なんの用だ。一人じゃ淋しくて店も開《ひら》けないか？」

寒空の下で眠ってでもいたのか、酷《ひど》い掠《かす》れ声《ごえ》だ。

「なわけないだろ、せいせいして……」

男は背を丸めて俯《うつむ》くと、げほげほと重苦しい咳《せき》をし始めた。

「……なんだ、風邪《かぜ》引いてるのか？」

ただ単に具合が悪くて来なかったらしい。煩《わずら》わし気《げ》にまた毛布を頭から引き被ろうとする男に、仮原は慌てて言った。

「待てよ、あんたに聞きたいことがあるんだ」

心の声を消す術《すべ》について、万策《ばんさく》どころか一策もない仮原にとって、占い師の存在は唯一《ゆいいっ》の希望だった。

昔は自分も聞こえていたと語った男。それが本当なら『声』を消す方法はあるはずだ。もし方法が判らなくとも、『声』は永遠のものではなく、なにかの弾《はず》みに消えてなくなる可能性があるということだ。

そう思って勇《いさ》んで来たのに、占い師と話すうちに仮原は違うと判った。

自分とは事情が違う。男は生まれたときから聞こえていたわけではないという。大人になってある日突然聞こえるようになり、また突然聞こえなくなったのだと。

「もし『声』の正体が、退化《たいか》し損《そこ》なった身体機能だっていうなら……おまえの力は……けほっ……俺ほど不安定じゃないだろう。なにしろ……ごほっ、ごほっ……生まれながら備《そな》わってた……んならな」

占い師は鬱陶《うっとう》しい咳《せき》をしながら応《こた》える。

隣に腰を下ろした仮原は、苦渋《くじゅう》の表情だ。ジーンズの尻で感じていた土手の冷たさも、気落ちするあまり判《わか》らなくなる。

つまり勝手に消えてくれる望みは薄く、藤野《ふじの》の仮説がただの絵空事《えそらごと》であるのを願うしかないということだ。

「なんか……なんかあんだろ、あんたの力が消えたきっかけはなんだ？」

「……特にないな。朝目覚めたら聞こえなくなっていた。元々、聞こえ始めたのも突然だったしな」

「そんなわけあるか。犬猫が耳を動かすような力だぞ？　ある朝ひょっこり耳を動かせるようになる奴がいるか？　頭打ったとか、高熱出したとか……ああ、そうだ、ショックなことでもあったんじゃないのか？」

「いや、ない。しいていえば、そうだな……幸福だった」

「幸福？　なんだそれ、どういう……」

咳が落ち着いてもだるそうにしている男は、応えるのも億劫《おっくう》らしく、膝《ひざ》に額《ひたい》を乗せ、毛布を深く被って元の塊になろうとする。

くぐもる声が聞こえた。

「残念だが、俺は力にはなれないよ」

『ご愁傷様《しゅうしょうさま》だ、まず治りはしないだろう』

自分を憎んでいる男だ。嫌われていないと思うほど仮原はおめでたくないが、予想と違《たが》わぬ素《そ》っ気《け》ない『声』にむっとなる。

「『残念』なんてこれっぽっちも思ってもねぇくせに。全部聞こえてるぞ」

「おまえに同情する義理はない。せいぜい聞かないように頑張《がんば》るんだな」

「聞かないって……できるのかそんなこと？」

『……まさか、できないのか？』

仮原の驚きに、毛布からこちらを仰《あお》いだ男もまた意外な顔を見せる。

「あるだろう、聞こえないときぐらい。なにかべつのことに気を取られたときとか、考え事をしてるときとか」

「そりゃあ、そういうのならあるけど……」

「それを利用するんだ。上手《うま》くコントロールして、意識をほかに逸《そ》らして相手の『声』を聞き流せ」

「はっ、そんな面倒臭《めんどうくさ》いことやってられるか」

簡単に言ってくれるが、楽にできるとは思えない。上手くできたところで、そんな方法では完璧な遮断《しゃだん》はできないし、ちょっとでも気を抜けば聞いてしまうに決まっている。

無理だ無理だと端から否定する仮原に、占い師は不服というより不思議そうな反応だった。

「雑貨屋、おまえは今までどうしてたんだ？　聞きたくないと思うことはなかったのか？」

「べつにないねぇ」

いや、本当はある。心の声が聞こえてさえいなければ、母に疎《うと》まれることもなかっただろうし、父が家を出て行くことにもならなかっただろう。漠然と『聞こえなければ』と感じてはいたけれど、あまりに『声』が当たり前過ぎて真剣に望むには至らなかった。

判らないのだ。占い師とは違い、仮原には心の声が聞こえない状態に馴染《なじ》みがない。

『声』は物心ついたときから存在していた。

汚いもの、醜《みにく》いものを見ないですむからと言って、『目が見えないほうがいい』と考えられる人間はいないだろう。それは手足と同じ。すでに自分の一部分であり、生きる上でなくてはならないものだからだ。

「実におまえらしい。罪悪感なんて、これっぽっちも感じやしないか？」

侮蔑《ぶべつ》を籠《こ》めて言う男を、仮原は横目で睨《にら》む。

「いいから、もっとまともな方法はねぇのか？」

腹立ち紛《まぎ》れに肘《ひじ》で押しやると、なにか男の毛布の中で音がした。膝上から地面に落としてしまったものを、男は毛布を捲《まく》って慌てて拾い上げる。

あの古い携帯電話だ。商売道具以下の価値だろうに、後生《ごしょう》大事にこんなところでも持ち歩いているらしい。

汚れを掃《はら》う姿に、仮原は呆れて問う。

「それ、動くのか？」

「……いや」

「動かない携帯なんて持っててなんの意味があんだよ」

また蓑虫《みのむし》状態になるのかと思いきや、占い師はおもむろに立ち上がった。

「おい、どこ行くんだ？」

「もう話はすんだだろう」

毛布を羽織《はお》るように纏《まと》って咳を数回。橋のほうへと歩き出す男に、仮原も慌てて後を追う。焦《あせ》って踏みつけた石がぐらりと傾《かし》いだ。舗装《ほそう》まではされていない土手は、自然のままに大きな石やらも転がっていて、ところどころ足場は悪い。思わず「わっ」と上げた声に、前方でちらと振り返った占い師が「くっ」と小さく笑ったのが判る。

「くそっ」

元凶の石を仮原は拾い上げた。

どぼん。川面に水柱《みずばしら》が立つ。大人気《おとなげ》なく川に投げ込んだ仮原に、また男はくっくっと肩まで揺らして笑った。

クソむかつく。

「逃げんな、話はこれからだ。こっちはおまえの名前だって知ってるぞ。アキムラってんだろ？　下の名前は……ああ、そうカズヨだ、アキムラカズヨ」

思い出したのではない。今、心の声でまた聞いたのだ。

男に指を突きつけ、仮原は脅《おど》しつけるように言った。

「あんたも聞こえてたんなら判ってんだろ？　俺は知ろうと思えば、あんたのことをなんだって暴《あば》ける」

「べつにおまえに知られて困るようなことなどないよ」

「そうか？　その携帯のこともか？　なんなんだよ、その電話……」

質問など特にしなくとも、話をそちらに向けるだけで人は自然とそれについて考え、『声』へと変える。

仮原は男の頭に浮かんだ言葉に、さっきの仕返しのように笑った。

「へぇ、恋人との思い出かよ。ロマンチックじゃねぇか……相手はどんなんだ？　美人だったか？　あんた捨てられたのか？　どんな手酷い振られかたしたんだよ？」

この男を前にすると、酷く攻撃的な気分になるのは何故《なぜ》だろう。

いや、元々自分はこうだった。ずっと優しさなんて欠片《かけら》も持ち合わせちゃいなかった。

それがどうだ。藤野と出会ってしまったばっかりに、好かれようと右往左往《うおうさおう》。今更いい人ぶろうだなんて、無理が過ぎてストレスも溜まろうってなもんだ。

「つくづく下種《げす》な男だな、おまえは」

「いいから全部吐けよ。どんな……」

自分でも醜いと判る笑いを零そうとして、仮原は軽く息を飲んだ。

過去を明かす占い師の『声』に戸惑う。

「……男か。なんだ……あんたゲイかよ、意外だな」

一向《いっこう》に動じた様子もない占い師は、吹きつける寒風《かんぷう》に毛布の前を掻《か》き合《あ》わせながら言った。

「おまえだって男の尻を追い回してるじゃないか」

あっさりと見抜かれ、仮原は瞠目《どうもく》する。

「『声』なんて聞こえなくったって判る。何度か家に来てた男だ。そうだろう？　ああ、黙って帰られてしまったぐらいで血相《けっそう》変えてたな……あの男のために、『声』が聞こえなくなりたいのか？　『声』のせいで相手にされないか？」

「うるさ……」

「おまえの知り合いにしてはまともそうな男だった。自分でも判ってるんだろう？　釣り合いが取れてない。諦《あきら》めてそこらの頭の悪い女ででも手を打ったらどうだ。男と服のことしか考えないような女なら、おまえだって『声』が聞こえたところで悩む必要もない」

今までの鬱憤《うっぷん》晴《ば》らしか。これ幸いとばかりに神経を逆なでしてくれる。

「くそ……あんただって『声』さえ聞こえなきゃ、その男と上手くいったんだろ？　ちったあ協力しようって気になんねぇのかね。自分だって未練たらしくそんなもんまで持ってるくせして。いつだよ、その男と別れたのって……はあ十年か、長いねぇ」

『声』を聞いて言ったのに、すぐさま占い師の『声』がそれを否定する。

『違う』

「なにが違うんだ？　あんた、今自分で十年って言ったぜ？」

「違う。俺がこうなったのは『声』のせいじゃない」

「だったら、なんのせいだって……」

ゴオッと地鳴りのような音が近づいてくる。鉄橋の上を走り抜ける電車に会話は遮《さえぎ》られ、男の放つ『声』も掻き消された。

枯れ草のついた毛布の端《はし》がマントのように翻《ひるがえ》り、占い師は仮原に背を向ける。

「おい、待てよ！」

無視して先を行く男を追った。

「待てったらっ！」

まるで立場でも逆転したみたいな扱《あつか》いに腹が立つ。

——見てろ。

その背に追《お》い縋《すが》ろうとしていた仮原は、突然地面に蹲《うずくま》った。占い師が不審がって振り返るのを待ち、やがて近づいてくる足音が聞こえた。

「……雑貨屋、どうした？　具合でも……」

頭上に伸びた手を感じ取る。思惑も知らない男の腕を仮原は引《ひ》っ摑《つか》み、一方の手で男が握り締めているものを勢いよく奪《うば》い取《と》った。

後ろ手に回し、勝《か》ち誇《ほこ》った笑みを浮かべる。

「こんなもの、いつまでも持ってるからすっきりしねぇんだよ。こうしてやる！」

ぱっと空に投げたものは、綺麗な放物線を描いた。

さっきのデカい石みたいな派手な音は立たなかったけれど、水面で小さな水柱が上がる。

「あ……」

「ははっ、どうだすっきり片づいたろ？」

仮原は大仰《おおぎょう》な仕草で肩を竦《すく》めつつ、両手を挙げて見せ、占い師はしばし無反応だった。

携帯電話を失った男は、ぴくりとも動かず硬直し、顔色だけを紙のように白く変えていったかと思うと、ふらりと傾《かし》ぐように土手を川岸に向けて降り始めた。踏みつけにされた毛布だけが置き去りになる。

ブルゾンのポケットに両手を突っ込み、悠然《ゆうぜん》と成り行きを見守ろうとした仮原は目を疑った。

「おい？　おい、ちょっととっ！　ちょっと待て、待てっ!!」

慌てて土手を駆け降りる。

躊躇《ためら》いもなく川に入っていこうとする男を、仮原はすんでのところで捕まえた。

「……なせっ、放せっっ!!」

冷えた冬の空気を引き裂いたのは、鋭い悲鳴のような声。凍《こご》える灰色の川の流れに身を投《とう》じようと暴れる男の体は、風邪のせいか熱っぽかった。

「無駄だ、もう見つかりっこない」

「放せっ！　なんてことしてくれたんだっ、なんてこと…をっ……ああっっ、どうしてこんなっっ‼」

「壊れた携帯なんて後生大事に持ってたってしょうがないだろ。電源も入らない携帯なんて、そこらの石ころと同じだ。ほら、これでも、こっちでも、好きなの持ってりゃいい……」

『……チクショウ、殺してやる、殺してやるっっ‼』

足元の川原の石を顎《あご》で指す仮原を、『声』は呪《のろ》った。思わず怯《ひる》んで身を離せば、いつもどこを見ているか判らない眼差《まなざ》しの目が、長い前髪の間から自分を射抜《いぬ》くように見据《みす》えていた。

仮原はその頬を伝っているものに驚く。

「あ……ちょっ、ちょっと……なに泣いてんだよ、電話ぐらいで大げさだな」

ははっと仮原は乾いた笑いを零《こぼ》し、揺れて伏せられた男の目からはまた一つ涙が落ちた。

「判ったよ。代わりの電話やればいいんだろ、代わりの……」

「……君には判らない」

宥《なだ》める仮原の言葉を無視し、占い師は呻《うめ》くような声で言った。

「君のような人間には、一生かかっても判らない。人の心が読めてなお人の痛みの判らない人間に、愛される術《すべ》などあるものか。君は絶対に誰にも愛されない。誰にもだ」

「ど、どうしたんですか急に」

膝に抱《かか》えた大きな紙袋の中身を確認した藤野は、驚愕《きょうがく》の眼差しをテーブル越しの仮原に戻した。

夕方七時に駅で待ち合わせをして、食事に向かったのはシックな外観と優雅なもてなしのフレンチレストラン。ゆったりと配置された周囲のテーブルにいるのは、カップルか女性客ばかりだ。そして、料理が出てくるのを待つ間に仮原が手渡したのは、待ち合わせ時から大きな荷物で目立っていたファッションブランドの紙袋だった。

中身はコートだ。先週、帰り道にデパートのウインドウで見かけたあのコート。新たな食事の約束を取りつけてすぐに買いに向かった。

「どうするか考えたんだ」

「考えた?」

藤野は怪訝《けげん》な顔をする。

「ああ、そのコート、あれからずっと気になってたからさ。そんなに気になるならもう買っちまうかって。プレゼントだよ。ちょっと遅れたけど、藤野さんにクリスマスプレゼント」

考えた。『声』のことはさておき、どうすれば藤野の気を引けるか。

目を輝かせるようなプレゼントに、ちょっといい食事。記念日でもないのに小洒落《こじゃれ》たレストランを本当に予約した仮原は、先週店で隣り合わせた我儘《わがまま》女を馬鹿にはできない。マニュアルどおりのデートをセッティングし、どうにか意中の相手の機嫌を取ろうと懸命な情けない……

いや、恋に盲目《もうもく》な男に成り果てていた。

けれど、ゆらゆらと揺れるテーブルのウォーターキャンドルの向こうで、藤野は表情を曇《くも》らせる。

『でも、貰《もら》えない』

「いや、でもコートなんて、こんな高価なものは貰えません」

「貰えないって言われても、もう買っちゃったし。そうだ、今後十年分のクリスマスプレゼントとでも思えばいい」

「でも……」

「とにかく、もう用意しちまったんだからさ……あー、ごめん、もしかして迷惑だったとか？」

「め、迷惑だなんてそんな……」

結局、仮原の言葉に押し切られる形で藤野は受け取った。隣の空《あ》いた席に袋を移しながら、ぎこちない笑みを浮かべる。

「仮原くん、ありがとうございます。大事に着ます」

「変な言い方するなぁ。普通に普段着にしてくれよ。そうだ、通勤に着るといい。シンプルなデザインだしさ……」

きっと学生たちも、藤野を見直すだろう。

冴《さ》えない准教授《じゅんきょうじゅ》と思われているだろう藤野が、校内で生徒たちの目を釘《くぎ》づけにするところを想像する。教壇に立つときにも身につけていられる、ネクタイやシャツでもよかったかもしれない。そうだ、次はそうしよう。

自分の考えに溺《おぼ》れて気分をよくしかけた仮原の耳に、未《いま》だ戸惑う男の『声』が響いてきた。

『でも、僕はなにも贈っていないのに……彼は一体どうしてこんな高いものを……』

——いつまでも気にしてないで、素直に喜べよ。

仮原はそう言いたいのをぐっと堪《こら》える。今口にしては、また『心を読んだから』などと疑われかねない。

自分はただ藤野を喜ばせたかっただけだ。けれど、その気持ちは少しも伝わっておらず、それどころか困惑させ、気を重くさせているだけなのをまざまざと知る羽目《はめ》になる。

『どうして……なにか理由でも？　こないだのことを彼はまだ気にしてるとか。それとも、もっとなにか別の……』

聞こえない。自分もなにも聞いてない。

仮原は薄い笑みを顔に貼りつかせたまま、自分に言い聞かせる。強くなにかを思うことで、確かに『声』は少し聞こえなくなる気がした。レストランの周りの『声』もふわりと遠退《とおの》き、人の声は優しいさざなみにも似たBGMへと変わっていく。

——そうだ。それでいい、その調子だ。

面倒臭いとか言っていたくせに、仮原は占い師に教わった方法を実行しようと躍起《やっき》になった。

すべての声が、店内に流れる柔らかなピアノ曲と同調しかけたときだ。まるで揺さぶり起こすみたいに、藤野が自分の名を呼んでいるのに気がつく。

「……くん、仮原くん？」

「……え？」

軽いトランス状態だった。仮原は意識を逸《そ》らそうとするあまり、藤野の『声』どころか会話まで聞き流してしまっていた。

「あ、ごめん今……俺、聞いてなかった」

上《うわ》の空《そら》にしか見えなかったであろう返事に、藤野の穏やかな眸《ひとみ》が少し淋しげに伏せられたのを目にし、仮原はうろたえる。

『……つまらなかったかな』

「いえ、大した話じゃありませんから、気にしないでください」

「つ、つまらなくねぇよ！　ちょっと考え事してしまっただけで……なんだよ、なに話してたんだ？　またシクラメンだかポインセチアだかが一枚しか葉っぱ出さなかったか？　ああ、空が青い理由はなんだっけ……一歩間違えたら空は真っ赤っか、そうだろ？　あんたの話は……変だけど、結構面白い」

だんだん自分でもなにを言ってるのか判らなくなる。褒《ほ》めるにしては微妙な言葉の数々を、身を乗り出し気味にしてまで告げる仮原に、藤野はやや呆然とした顔だ。

それから、ふっと目を細めたかと思うと、『声』が響いた。

『……彼も可愛いところがあるんだ』

「え……」

「仮原くん？」

「あ、いや……」

今のはなんだ。どこを取っても自分は可愛いだなどと和《なご》まれる人間じゃない。

目が合うと、藤野は微笑《ほほえ》んだ。落ち着かない気分でその眸の奥を探り、心の『声』へと意識を集中させそうになる仮原の前に、頼んだワインと前菜《ぜんさい》が運ばれてくる。

「お待たせしました」

テーブルに置かれたグラスに手を伸ばしながら、藤野は苦笑した。

「面白いなんて、そんな風に言ってくれるのは君だけです。私の授業は退屈《たいくつ》だって学生にも不評なぐらいで……教科書をなぞるだけの授業はやってないつもりなんですけど、どうしてでしょうね。熱心に講義を聴いてくれるのはゼミに入ってくる学生たちくらいのものです」

「そりゃあ……そんなもんじゃないの。普通の学生の目当ては単位だからな。目的は学ぶことじゃない。あんたのゼミにまで入りたがる奴らとは興味の度合いが違うんだ、気にする必要ないね」

物凄《ものすご》い偏見《へんけん》だった。けれど、仮原は大学には行っていないとはいえ、中学高校での授業中の生徒の頭の中といったら酷《ひど》い有様《ありさま》だったのを覚えている。

無理矢理のフォローに、口をつけようとした藤野はグラスの手を止めてまた笑《え》んだ。

『やっぱり優しい人だ』

「優しい人ですね、仮原くん」

いつかも聞いたような言葉が、仮原の耳をくすぐる。

「あ……いや、そんなことは……それこそ、俺も言われたことないっていうか……」

不意打ちの褒め言葉に動揺した。

慌てて取ろうとしてテーブルのグラスを倒しそうになる。とんだ失態《しったい》に、藤野が「大丈夫ですか？」と手を伸ばしてきて、その指先のやけに綺麗な手にすら動揺させられた。

——重症だ。

なにがなんだか判らないまま、自分の病《やまい》を感じて仮原は思った。


「まだ早い時間ですね」

店を出て大通りに向かうと、ちょうどタクシーが走ってきたので拾った。

流れで乗り込んだものの、藤野が腕時計を確認しているのを脇から覗いてみれば、時刻はまだ十時前だった。

待ち合わせが遅かったから、もっと経《た》っているかと思っていた。

「そうだな。茶でもっていっても、コースの〆《しめ》にコーヒーも飲んだし……」

以前なら、自分の部屋に迷わず誘っただろう。とりあえず方角は同じだし、ドライバーにはそちらに向かうよう指示する。

車線を滑《なめ》らかに走り出した車の中で、浮かせた背をシートに戻した瞬間、隣で『声』が響いた。

『……部屋に誘わないのかな』

聞こえない振りをするのも忘れて隣を見ると、まるで遠回しに誘いかけるかのように藤野が口を開く。

「仮原くん、明日の予定は？　私は明日の午前中は休みなんです。いつも木曜は休もうと思えば休めるんですけど、大抵実験に宛《あ》てることが多くて……でも、一段落したので明日は久しぶりにゆっくり出ようかと思ってます……君は？」

車内は薄暗かった。影の降りた藤野の顔は俯《うつむ》き加減に見え、恥じらってでもいるみたいだ。不意に差し込んでくる対向車のヘッドライトの光に、その眸は潤《うる》んで見えたりもする。

目の錯覚かもしれない藤野の表情に、仮原は妙にどぎまぎとさせられて視線を泳がせた。

「俺はべつに決まった用はないけど」

「病院は？　最近は行ってないんですか？　患者さんの話を聞くのも仕事だって言ってたじゃないですか」

「ああ、あれは……ちょっと休んでる。ボランティアみたいなもんだから」

また余計な嘘をついてしまった。老人をカモにするのが目的だったなんて言えるわけがない。

『もう少し、彼と話がしたい』

再び藤野の『声』が聞こえた。

自分と過ごす時間を、心の声とはいえ藤野のほうから求められているのが信じ難《がた》かった。

部屋に連れ帰ったとして、話をするだけですませる自信はない。『それでもいいのか？』なんて、隣を見たところで返事が返ってくるはずもない。

中高生みたいに仮原は胸をどきどきさせる。実際に中高生だったときでも、こんな緊張を覚えた記憶がない。

藤野のことは、すでに何度も抱いているのに。

女みたいに柔らかくはなくとも、藤野の肌は自分の手のひらにしっくりとくる。

もう一度、触れたい。また触れたい。

余すところなく指を這わせて、唇で触れて、涼しげなその顔が淫《みだ》らに艶《つや》めいていく様を目に焼きつける。乱れる声と『声』。溺《おぼ》れるほどに浴びながら、藤野の中に自分を埋《う》める。

抱きたい。

また泣きじゃくるほどに激しく攻め立て、自分の意のままに全部乱暴に奪い取ってしまいたい。

そうだ、あの晩みたいに――

仮原は自らの思考に、びくりとシートの上の背を弾《はず》ませた。

「仮原くん？」

藤野が不思議そうに見る。

「あ……」

「どうかしたんですか？」

「いや、なんでも……」

心の声が聞こえるのは自分なのに、藤野に頭の中を覗かれてしまうのを恐れた。思わずシートの上で逃げるように身を引こうとして、二人の間の大きな紙袋に肘《ひじ》が触れる。

ぐしゃりと潰《つぶ》れて鳴った音に、仮原はまた馬鹿みたいにビクついた。

店で聞いたあの『声』。

自分の望みどおりの反応を藤野が寄越《よこ》すとは限らない。自信を持って渡したプレゼントが迷惑がられたように、拒《こば》まれれば無様《ぶざま》に落ち込む自分は容易に想像できた。

それに、あの晩と同じく暴走してしまったとしたら。

そわそわと落ち着かず、妙な態度を取る間にも家は近づいてくる。

「仮原くん？」

『どうしたんだろう。自分から、家に寄らせてくれないか訊いてみようか』

「あの、これからなんですが……」

「藤野さん！」

仮原は二の句を継《つ》がせず、言葉を遮《さえぎ》っていた。黙り込んでいたかと思うと、突然車内に強い声を響かせる仮原に、藤野は戸惑った顔をする。

「……は、はい」

「えっと……また食事に誘ってもいいか？」

「ええ、それはもちろん。あの……」

仮原は無理矢理の笑みを貼りつかせて言った。

「今夜は楽しかった。また、連絡するよ」


一人戻った家は冷えていた。

一階の土間の雑貨屋は普段から寒さがきつく、そのせいか二階までもが暖房機器なしには過ごせないほどに寒い。

「……なにやってんだ、俺」

居間にしている和室の革ソファに身を投げ出した仮原は、呟かずにもいられなかった。

藤野は家に来たがっていた。

自分はなにを恐れているのか。

だらりと体を伸ばして首を動かせば、和室にも季節にももうそぐわないものが視界に入ってくる。片隅に置いたまま、場違いな賑《にぎ》やかさを醸《かも》し出《だ》しているのはクリスマスツリーだ。

気まぐれで飾ったツリーは、もう正月も松の内を過ぎたというのに片づける気になれないままだった。

面倒臭い。見る度《たび》にそう思うけれど、触れるのも嫌で近づかない理由は、本当のところべつにあるのだと判っている。

思い出したくもない、あの夜。

許されたとはいえ、藤野を傷つけて拒絶されたクリスマス——

仮原は背を向け、寝返りを打った。

ソファの背凭《せもた》れのほうへ顔を埋《うず》めて呟く。

「……ああクソ、やりてぇな」

身も蓋《ふた》もない言葉を吐きながらも、目を閉じて想像したのはその腕に藤野を優しく抱き留める自分だった。

藤野を抱きたい。藤野の傍《そば》で眠りたい。あのときみたいに、藤野の傍で丸くなって、尻尾《しっぽ》を振って……あれ、俺に尻尾なんてついてたっけ?

仮原は、寒い部屋でソファに一人体を丸めるように縮《ちぢ》こまらせたまま、いつの間にか眠りに落ちていた。

「こないだは帰ってからつまらなかった。家に誘えばよかったよ。俺が誘ったら……藤野《ふじの》さん、来てくれたか？」

店のレジカウンターに深く頬杖《ほおづえ》をつき、眠たげとも不満げとも聞こえるだらりとした声で呟きながら、仮原《かりはら》は携帯電話を操作していた。

打っているのは藤野へのメールだ。このところ、昼前にメールを送る習慣ができている。そうすると大抵、昼休みには返事がやって来るからだ。

シャッターを上げて開店した店は、ガラス戸や大きなガラス窓からまもなく正午になろうとする日の光が差し込んでいる。けれど、冬の日に店内を隅々まで照らすほどの力強さはなく、明かりも点《つ》けていないため、仮原の座ったレジカウンターの辺りは薄暗いままだ。

仮原は打ち終えたメールを送信しようとしてやめた。さりげなく最後に添えたつもりの一文は、読み返さなくとも女々《めめ》しい本音が溢《あふ》れているのが判《わか》る。

結局当たり障《さわ》りのない文を送り、藤野からの返事は、小一時間ほど過ぎてからやってきた。

『……今日、貰《もら》ったコートを着てみました。通勤にはもったいないと思ったんですけど、学生が褒《ほ》めてくれて嬉しかったです。正直、照れました。

あ、写真のカゴに入ってるもの見えますか？　蓋《ふた》を開けてから撮ればよかった。綺麗な生麩《なまふ》です。今日は久しぶりに学食以外で食事をしました。』

画像は定食というより会席《かいせき》に近い御膳《ごぜん》だった。昼間っから随分《ずいぶん》豪華だ。膳の端には菊の花の添えられた籠《かご》が載っており、竹で編まれた格子《こうし》の間に、桃色の物体がちらついている。

「……よく見えねぇし」

そう呟いて携帯電話を思わず傾けた仮原が凝視《ぎょうし》したのは、籠の中身ではなく、テーブルの向こうだ。

画像は広いテーブルの途中で切れており、食事の相手はまったく判らない。けれど、一人でないのは確かだった。膳は二つある。

無意味に携帯を傾けたり、画像を拡大してみたり。モザイクのように著《いちじる》しく解像度の下がった画像をしばし食い入るように見つめ、仮原は自分のしていることの愚《おろ》かさに気がついた。

「……くだらねぇ」

投げ出された携帯がカウンターの上を滑《すべ》る。

くだらないと言いつつも、背凭《せもた》れに体重を預けてゆらゆらと椅子を揺らしながら考えたのは、『コートなんてやっぱりやらなきゃよかった』ということだった。

学生の誰が藤野を褒めたのか。ゼミの生徒か。携帯電話の使い方を教えた奴、前に一緒に昼飯を食っていた野郎か。

クリスマスに大学に押しかけた際に見かけたゼミの学生の顔を思い返そうとしたが、あのときはそれどころではなかったので記憶にない。理系だけあって、男の比率が高かった気がする。

興味本位でついて行ったゲイバーで、藤野が一夜限りとはいえ若い男を相手にしていたと知ってしまったのも引っかかっていた。

守備範囲は馬鹿みたいに広い男だ。

今だって、一度は縁を切ろうとしておきながら自分と付き合っているのは、結局流されやすい男だからではないのか。

誰かが藤野を好きだと言い出せば、自分はひょいと天秤《てんびん》に乗せられて、あっさり蹴《け》り出《だ》されやしないか。

「……くだらねぇ」

二度目の呟きは、馬鹿げた想像についてか。弱気な自分に対してなのか判らない。

ギギッと表のほうで不快な音が鳴る。古びて滑りの悪いガラス戸が重そうに開かれるその音に、仮原は目線を向けた。

「今日は閉まってるかと思ったよ」

顔を覗かせたのは杖《つえ》をついた老婆だった。以前歩道で手を貸し、店を開けてやった年寄りだ。

あれから数回やってきている。

「店休日がいつだか決めてくれるとありがたいんだけどね」

「店休日は俺が休みたいときだ」

「あんたがあたしの息子や孫だったら、頭叩《はた》いてるところだよ」

愛想のない仮原に、くの字に腰は曲がっていても矍鑠《かくしゃく》とした老婆はぴしゃりと言い放った。

「最近は土日以外はだいたい開けてるよ」

そっぽを向きつつも仮原は応《こた》える。

実際、正月が明けてからずっと営業は続けている。どうせ病院へ行くのをやめて暇だし、雀《じゃん》荘《そう》で薄汚い連中の『声』を聞くのもうんざりだ――そう自分を納得させているが、本当のところ自分の中でなにが一番の理由なのかぐらい判っている。

毎朝、錆《さ》びたシャッターを上げながら思い出す顔。店を開けたところで藤野が自分を見直すわけでもないが、無職よりはまぁ体裁《ていさい》がいい。

体裁なんて、婆さんの遺産を相続する前の、賭《か》け麻雀で生計を立てていた頃だって考えたこともなかった。真面目なんて、なればなるほど馬鹿をみるだけだとさえ思っていた。

仮原は、老婆が薄暗い棚《たな》の商品に見辛そうに顔を接近させているのに気がつくと、無言で立ち上がり店内の明かりを点《つ》ける。

「これ、この巾着袋《きんちゃくぶくろ》、同じ柄はもう一つあるかい？　見舞いに持って行こうと思うんだけど」

「手作りのやつか、頼めばすぐ作ってくれると思うけど……見舞いって？」

「知り合いが入院してんだ。あんたも知ってる人だよ、すぐ近くの市立病院に入院してる磯田《いそだ》キヌエさんって人だ」

「ああ……」

すぐに思い当たった。病院でよく話していた婆さんのうちの一人だ。

「ほら、その棚にある根付《ねつけ》の飾り、キヌエさんも財布につけてるのに気づいてさ、訊いてみたんだよ。ここでしか売ってないはずだからねぇ。あんたがあげたんだろ？　キヌエさんの話し相手になってやってるんだってね」

「ただの暇潰《ひまつぶ》しだ。あの病院は、この店やってた婆さんも入院してたからな。看護師にも顔見知りがいるんでね」

老婆は巾着袋を棚に戻し、その隣のちりめんの小物入れを手にとって見ながら言った。

「あの人は可哀想《かわいそう》な人でねぇ。旦那《だんな》さんも息子さんも早くに亡くして、今は身寄りが遠い親戚しかないいんだよ」

そんなことは百も承知だ。だから選んで近づいた。

天涯孤独《てんがいこどく》の年寄りでなければ、親しく振舞《ふるま》う理由などない。

すべては金を得るため――

「キヌエさん、あんたが孫みたいに思えてきたって言ってたなぁ。話してくれるのが嬉しいってさ。店開いてくれんのはありがたいけど、見舞いにもまた行ってやっておくれよ？」

「……まぁ気が向いたらな」

「あんた、見かけはちっと怖いけど、いい男だねぇ。優しい男だよ。うちの孫のぼんくら婿《むこ》と交換したいぐらいだ」

孫の婿がどんな男だか知らないが、買いかぶりもいいところだ。

仮原は軽く鼻を鳴らし、情に乏《とぼ》しそうな唇の端だけで笑う。

「ふん、判ったような顔してると痛い目みるぞ、婆さん。それともなにか？　俺の心の声でも聞こえるってんじゃないだろ？」

戻ったレジカウンターの椅子にどっかりと腰を下ろしながら言うと、老婆はまったく動じた様子もなしで返してくる。

「バカだねぇ、この年になれば判るもんもあるさ」

よく言う。知らぬが仏もいいところだ。

まぁ実際、永久に真実を知らないままなら、まやかしの優しさも受けた者にとっては現実となり得るだろう。

自分に店を譲《ゆず》った婆さんが、そうして死んでいったように。

結局、人の本音を知り知られることがなければ、人は幸せでいられる。

自分にこんな奇妙な能力がなければ、母だって自分を愛せただろうし、たとえその愛情に嘘《うそ》偽《いつわ》りが紛《まぎ》れていても、自分も親の無償《むしょう》の愛とやらを信じていられただろう。

仮原は舌打ちのような溜め息をつく。頬杖をつき、なんとなくガラス戸に目を向けると、歩道を親子連れが過《よ》ぎって行くのが見えた。

柔らかな冬の日差しの下で、小さなコートに包まれて母親の手をとった幼子は、無邪気な顔して笑っていた。

『あの店は、教授のお気に入りで時々付き合わされるんです』

藤野に電話をしたのは、深夜になってからだった。『眠れなくて』と言ったら、時間潰しにでもかけたと思ったようだ。

「ふうん、相手は教授か」

『それがどうかしたんですか？』

「昼から豪勢だなぁと思ってさ……学生と一緒にしては。昼はよく学生と食事に行くんだろう？」

畳《たたみ》の上の釣り合いの取れない黒革《くろかわ》のソファにごろりと転がりながら、仮原はずっと引っかかっていたことを、ついでのように問う。

『よくってことは……大抵、一人で学食で済ますことがほとんどです。でも学食の写真なんて送ってもつまらないと思って……あ、昼食の写真自体つまらないかもしれませんが』

「今度送ってくれよ、学食のラーメンとかカレーとかの写真」

『普通ですよ』

「普通って？　カレーに福神漬《ふくじんづ》けはついてる？　らっきょうは？　俺、らっきょう漬け好きなんだ。甘酸《あまず》っぱくて美味《おい》いし、歯ごたえもいい」

ランチ写真よりどうでもいい会話に発展してしまったものの、『声』の聞こえることのない電話は、かけてみるとこの上なく気楽だった。

『声』は聞くには音声のようだが、匂いに近い。電話や映像、なにか媒体《ばいたい》を介《かい》すと聞こえなくなる。

心なしか藤野もリラックスしているように感じた。『声』は電話ではまったく聞こえないと、以前話したからか。

藤野はべつにいつもと変わりないのかもしれないけれど、想像のとおりか否《いな》か、それさえ判別つかない曖昧《あいまい》さが心地いい。

普通の人間の耳に聞こえる世界とはつまり、この電話の会話のようなものか。

静かな空間にフィルターでもかけられたみたいに、伝わってくる音。耳に押し当てた携帯電話の男の声は、どこまでも穏《おだ》やかに優しく響く。

『仮原くん、今度大学に食べに来ますか？　部外者でも出入り自由の食堂ですから』

「ああいいな、それ。近くにでも寄ったらだけど……それと、あんたの迷惑じゃないなら」

自然と声のトーンが上がった。電話であるというだけで、あるがままの話しぶりになる仮原に、受話器の向こうの男が安堵《あんど》の息をついた。

『仮原くん、元気そうでよかった……あの、こないだはなにかあったんですか？』

「え？」

『帰り際……君の様子が少し変だったので、具合でも悪くなったのかと。もしかして……なにか悩み事でも？』

「ああ、まぁね」

『えっと……私では話を聞くことはできませんか？』

「あんたのことだよ。どうやったら、藤野さんを俺に夢中にさせられるのかなって悩み」

嘘じゃない。本当のことだ。

けれど、突然の衒《てら》いのない言葉を藤野は冗談と思ったらしい。

『……仮原くん、からかわないでください。私のことを考えるのに、私の前で上《うわ》の空《そら》になるはずないでしょう』

「べつに上の空だったわけじゃない。あれは……上手《うま》くいかなかっただけだ」

『上手く？』

意味が判らないでいる男に、仮原はねだるように言った。

「なぁ……それより、もっと学校の話してくれよ。藤野さんがどんな一日送ってんのか知りたい」

『学校と言われても……特に聞いて面白いことはありませんよ。代《か》わり映《ば》えのしない毎日です』

「それでいいんだよ。ああ、学生に不人気っていう、あんたの講義でもいい」

『一瞬で眠ってしまうかもしれませんよ？　今日は学生たちの欠伸《あくび》が最多でした』

自虐的《じぎゃくてき》に言う男に、ふふっと笑う。

「いいよ、タダで聴講《ちょうこう》できるなんてありがたいね」

携帯電話を耳に押し当て直し、仮原は目を閉じた。

こうして寝そべり、藤野の声だけに集中していると、添い寝でもしているみたいだ。『声』の届かない電話口の会話は、難問であったはずの問題をなかったかのように消し去る。

『今日は……細胞増殖制御因子《ぞうしょくせいぎょいんし》の解析法について新しい研究結果を踏まえて話したんです……あ、細胞の増殖制御は生命現象を解き明かす上でも、医学的にも重要なんです。因子の一部はいわゆるがん抑制《よくせい》遺伝子と言われているもので……』

藤野の話は、取っかかりから深く理解することを脳が拒否したがった。そもそも仮原は、理学部で学ぶのが医学や工学にも繋《つな》がる自然科学であるのもよく知らない。

けれど、聞きたくないとは思わなかった。藤野の話はいつも、それがただの仮想の場合であっても、なにか魔法のように解き明かしてくれそうで心地いい。

黙って耳を傾けていると、不安げに藤野は問う。

『……仮原くん、寝ちゃいましたか？』

「いや、ちゃんと聞いてるよ。あんたの下着は今夜も黒のボクサーショーツってところまで聞いた」

『……ひどいな、ふざけるならもうやめにします』

「嘘だよ、判らないなりには聞いてる」

ははっと仮原は笑った。いかにも楽しげな笑いに触発《しょくはつ》されてか、不満げだった藤野も一緒になって笑い出した。

久しぶりの心からの笑いだった。

すっかり上機嫌となった仮原は、女々しいとメールから消し去った内容であることも忘れて告げる。

「こないだも……あんたともう少し話せばよかったな。帰ってからつまらなかったよ。藤野さん、誘ったら家に来てくれたか？」

『もちろんです。あの晩は、私ももう少し君と話をしたいと思ってたんですが……』

はにかむ男はまた少し笑い、それから言った。

『次は是非《ぜひ》誘ってください』

「え……」

不意打ちを食らったみたいに、仮原は言葉を詰まらせてしまった。たったそれだけの藤野の言葉に、まるで夢から現実に引き戻された感じがした。

ぱっと目を開く。視界には、部屋の隅で埃《ほこり》でも被《かぶ》りそうになっているクリスマスツリー。

「仮原くん？」

「ああ、いや……」

仮原は言《い》い淀《よど》み、どうにか調子を合わせて言った。

「そ…そうだな、次はもっとゆっくり会おう」

心にもない言葉だったわけじゃない。

けれど、結局『次』の約束を自分から持ちかけることもないまま話を終えた。

その晩だけじゃない。仮原はそれから何度電話で話をしても、具体的に藤野と会う日を決める気にはなれなかった。直接会うのを避け、藤野とは電話越しの会話を強く望むようになった。

電話はいい。好きなだけ、藤野の声をなんの恐れも躊躇《ためら》いもなく聞いていられる。

皆、こんな風に『声』のない生活をしているのかと思うと、羨《うらや》ましくさえ感じられた。そりゃあ世界だって、きらきら美しく見えることだろう。

半月以上がそれで何事もなく過ぎた。

けれど、話をすれば当然顔を合わせることに繋がる話も出てくる。のらくらとやり過ごしていたものの、うっかり自分から誘いかけてしまったのは、藤野が久しぶりに学生とランチを過ごしたという店の話をしていたときだった。

まるで対抗心でも燃やすみたいに、ディナーに行こうと誘った。

仮原も、けして会いたくないわけじゃない。むしろ会いたい。

実際、約束の数日前までは、どうということもなく楽しみにしていられた。

けれど、二日前、前日と、日が迫るに連れ憂鬱《ゆううつ》になった。

そして、早く目覚めてしまった約束の日の朝、仮原は店休日にしようと決めた店の前で、ずっと現われない男の姿を探していた。


「おい、またそんなとこに座ってると風邪拗《こじ》らせるぞ」

占い師の姿は、方々を探すまでもなく土手にあった。

月は二月に変わったばかりだ。表で佇《たたず》むに適した気温とは言い難いのに、煙も上がらない一斗缶《いっとかん》の傍《そば》に占い師はこないだと同じく座っていた。

仮原が一歩近づくごとに、土手の枯《か》れた草が鳴る。人の気配に気づきながらも微動だにしない男は、声をかけてもこちらを振《ふ》り仰《あお》ぐことはなかった。

ただじっと膝《ひざ》を抱え、川の流れの一点を見据《みす》えている。流れに乗った発泡《はっぽう》スチロールゴミが右から左へと動いていく暗い川面《かわも》は、午後の日差しを受けても輝くことはない。

「しょぼくれてんなぁ、あんたにいい物やろう。風邪なんて一発で吹っ飛ぶ」

軽い口調で声をかけると、低く沈んだ声だけが抑揚《よくよう》もなく返ってきた。

「薬ならいらない。風邪はとっくに治った」

「だったらなんでいつまでもこんなとこでボケっとしてんだ？　店は出さないでいいのか？

占いやめて空き缶拾いでも始めたか？」

つい嫌味の籠《こ》もる仮原に、占い師は激昂《げっこう》どころか反論することもなく、淡々とした声のままだ。

「まだ俺になにか用があるのか」

さっさと消えろと言いたいらしい。仮原だって歓迎されると思って、のこのことまたやって来たわけじゃない。

急に重くなった口で、歯切れも悪く言う。

「……判らないんだ。どうやったら『声』を聞かずにすむのか……あんたの言ってた方法もなかなか上手《うま》くいかねぇしなぁ。あれからなにかきっかけとか思い出さないか？」

「またそれか、自分で考えろ」

「考えても判んねぇから来てんだろうが。なんでもいいんだ、頼む、思い出してくれ」

真《ま》っ直《す》ぐに前を向いたままの男は、ろくに考えた様子もなく応《こた》えた。

「なんでもか……ああ、そうだいい方法がある」

「なんだ？」

「ヘソで茶を沸《わ》かせ。カテキン効果でおまえの毒素《どくそ》が消えれば、あるいは」

「死ね」

下手《したて》に出ていたのも忘れ、仮原は罵《ののし》る。

子供じみたストレートな雑言《ぞうごん》に、男がふっと微《かす》かな息遣いだけで笑ったのが判った。未《いま》だ顔を上げようともしない男に苛《いら》つき、背後から前へ回り込もうと一歩土手を降りれば、頭から引《ひ》っ被《かぶ》った毛布の陰の顔がようやく見えた。

「心配しなくても、俺はおまえより先に死ぬよ」

表情のない唇で言う。日が差さなくとも淡い色をしていると判るその目は、傍《かたわ》らに立つ仮原など素通りで、ゆっくりと流れる川の水面に向けられたままだ。

まるで、あの日からずっとそうしていたとでもいうように。

仮原は眉根を寄せて言った。

「そんなに大事な奴なら、別れたりしなきゃよかっただろうが」

占い師は無言だった。けれど、無視を決め込んだところで、問えば答えは響いてくる。

「十年そいつがどうしてるのか知らないのか？」

『判らない』

「判らないってどういうことだ？　探してもみつからないのか？」

聞いていることを隠そうともせず、平然と会話にする仮原に、観念でもしたのか男は口を開く。

「……もう何年も前に見に行ってみた。でも、職場も家も変わってた」

「へぇ……本当に未練たらたらだな。なぁどんな男だ？」

「おまえとは違う種類の人間だ」

さらりと皮肉を返された。仮原は悪い癖のように挑発的な言葉をぶつける。

「十年も経《た》ってんだ、昔はそうでも性格だって変わってるかもしれないだろ」

「彼は変わらない。誠実で……嘘もつけない不器用な男だったよ。人を傷つけるなんて、考えることもできない人間だ」

どこからその自信は来るのか。その男の話になると、川面にぷっかりと浮いた死んだ魚みたいな目も急に光を取り戻す。

「まるで正反対だな、おまえとは」

「そうかよ。けど……性格は変わらなくても環境ぐらいは変わってるだろうな。なにしろ十年だ。今頃結婚してるかもしれないし、子供だっているかもしれない」

ゆらっと眼下の頭が動き、初めて自分を見上げた。

哀しげな顔は一瞬で背《そむ》けられ、仮原は耳にした男の『声』に少しばかり驚く。

「『そんなはずがない』とは思わないんだな」

「もし……彼が親になっているとしたら、いい父親になってるだろう。口数は少なくても、家族を一番に考えられる男だ。一度大切に思ったものは、彼はきっと一生かけて守り抜く」

「でも、あんたのことは捨てた」

「べつに捨てられたわけじゃない」

『逃げたんだ、自分が。彼を拒絶して逃げ出した』

占い師はまるでその『声』から、現実から逃げおおせようとでもするように、毛布を深く引き被り頭《こうべ》を垂《た》れた。

震える声がその中で言葉となり、枯れ草に向かって吐き出される。

「……本当に愚《おろ》かだったよ……僕は、馬鹿だった。いつか忘れられるだろう、後悔しない日が来るだろうと思いながら……もう十年だ。今も思わずにいられない。もしも、あのとき……違う選択ができていたら、自分は今も彼といられたんじゃないか。自分は……」

「もしもねぇ、仮定の話は見苦しいな。確かにあんたの言うように、違う選択肢もあったかもしれない。でも現実は違う。現実に選んだのはこっち。向こうで幸せにやってるあんたにはあんたはもうなれない、シャットアウトだ」

仮原は扉を閉じる手真似《てまね》をし、そのまま両手でバツを形作った。

末路《まつろ》を聞いたところで、苛立った気分は収まりがつかないまま、辛辣《しんらつ》な言葉を並べ立てる。

「現実のあんたは、家もなくて、金もなくて……一応仕事はやってるけど占いはてんで当たらず、客も来ない。あんたの男は今頃どっかで幸せにやってるだろうさ、あんたのいないところでね」

調子に乗って高らかに言い放ち、いつの間にか男が自分を見上げているのに気がついた。

「俺を苦しめてなにが楽しい？」

目が合う。

仮原は口を開きかけ、そして閉じる。

「……楽しくない。べつにこれっぽっちも、ちっとも全然楽しくないね」

本当だった。この男を傷つけたところで得るものはなにもない。自分の心は癒《いや》されることもなく、そもそもそんなことをしたいわけじゃない。

むすりと唇を引き結んだ仮原は、男の隣にどさりと腰を落とした。冷たい土手に座り、吹きつける風に晒《さら》されながら、目の前の灰色の流れを見据える。

一緒になって見ていると、占い師が言葉を発した。

「雑貨屋、おまえの望みはなんだ。『声』が聞こえなくなりたいのか？」

「だから、何度もそう言ってんだろ。『声』さえ聞こえなくなれば……」

言いかけて口を噤《つぐ》む。

違う。望みはその先にあるもの。『声』が高い壁となって手の届かないでいるものだ。

「たとえ聞こえなくなったところで、それは手に入りはしないよ。『声』のせいじゃないんだ。『声』のせいじゃ……」

占い師は立ち上がり、風に煽《あお》られた毛布の端が座ったままの仮原の頬を打った。

仮原は顔を顰《しか》め、男は重く雲の垂れ込めた天を仰ぐ。

「風が冷たくなってきた。今夜は雪になるかもしれないね」

街は視界の中で細かく上下に弾《はず》んでいた。

乗り込んだ電車の中で閉じたドアに凭《もた》れた仮原《かりはら》は、見るともなしに車窓《しゃそう》の景色に目を向けながら、占い師の言葉について考える。

確かに、あの男の言うとおりかもしれない。

『声』だけがすべての原因であるのなら、あいつは何故、元に戻ることができていながらあんな生活を送っているのか。なに一つ持たず、失ったものに恋焦《こいこ》がれるだけの日々に陥《おちい》ってしまったのか。

必要なものが判《わか》らない。

自分に足りないものはなんだ。

「……くそ、もっと問い詰めるんだったな」

ガラス窓に添えた手で仮原は拳《こぶし》を作る。ガタンと揺れた電車に合わせたように思わず呟けば、すぐ傍《そば》に立つ若いスーツのサラリーマンが、吊《つ》り革《かわ》を握って前を見据《みす》えたまま『声』を響かせた。

『独り言かよ、ウザイな』

仮原は一睨《ひとにら》みする。こっちはホームで並んでいたときから、おまえの上司の不満やら仕事の愚痴《ぐち》を聞かされてうんざりだ。

電車は嫌いだ。どいつもこいつも、なんにも考えてませんってな顔をしてお喋《しゃべ》りで、狭い密室に押し込まれて四方から聞かされたんじゃ堪《たま》らない。

車内の『声』から逃《のが》れるように窓に目を戻せば、駅に着いたときにはまだ西の端に赤みの残っていた空も、すっかり闇に閉ざされていた。

もうすぐ藤野との待ち合わせの駅に着く。ついうっかり食事の約束をしてしまった自分を悔やむものの、どのみちいつまでも電話やメールで付き合いが保てるわけもない。

そう、会いたくないわけじゃないんだ。

けれど、『声』を聞いていない振りを続けるのは気が滅入《めい》る。

その思いは、待ち合わせの時間が近づくに連れ顕著《けんちょ》になっていった。

駅には十分ほど早く着いた。ぶらぶらするほどでもないと、コンコースの約束の場所に立つ。改札を出てすぐの広場は時計塔が立っており、待ち合わせに打ってつけの場所は、ラッシュ時なのも相まって混雑していた。

デパートもある駅ビルは、どこを見ても人だらけだ。改札から現われるはずの藤野を待つ仮原は、似た背格好《せかっこう》の男が人混みから現れる度《たび》に心臓をどきりとさせる。

傍《かたわ》らの時計塔があと数分で約束の七時を指すという頃、携帯電話にメールが入った。

藤野からだ。てっきり到着のメールかと思いきや、『すみません、遅れるのでどこかで時間を潰《つぶ》していてもらえますか。終わったら連絡します』と遅刻の知らせだった。

今まで、こんなぎりぎりに遅れる連絡が入ったことはない。メールにはなにが『終わったら』なのか書かれていなかったものの、普通に考えて仕事が押しているのだろうと思った。

藤野が来ない。

ホッとしている自分がいた。それほどに藤野に会うのを恐れているのかと、自分でも驚いた。

「急がないでいい……」

『気長に待っているから』と送りかけて躊躇《ちゅうちょ》する。

仮原はメールを書き直した。

『仕事なら無理しなくていい。自分も店が忙しくて遅れそうだから、また今度にしよう』

店が忙しかったことなどこれまで一度もないくせに、雑貨屋を言い訳にし、まるで駅に辿《たど》りついてもいないかのようなメールを送信した。

返信を待つ。藤野はなんと返してくるだろう。『そうしよう』『時間をずらそう』、どっちにしても、もう今この場にいる必要はなくなった。

隣で待ち合わせのカップルの女が、鬱陶《うっとう》しいほどはしゃいで彼氏の到着を喜んでいるのを横目に、仮原は時計塔から離れる。

歩き出してすぐだった。

「……くんっ……」

呼ばれた気がして足を止めた。

「仮原くん、待ってくださいっ！」

振り返った仮原は、目を疑わずにはいられなかった。右に左に人を分けるように避けながら自分を追ってくるのは、見紛《みまが》いようもない男の姿だ。

「藤野さん……」

何故《なぜ》、ここにいるのか。

「仮原くんっ、どうして帰ってしまうんですか？　メール、このメールもらってて っ……どうして？」

藤野は息を切らしていた。左手に携帯電話を握り締めている。

特徴もない地味な髪形も、二人に一人は持っていそうなブリーフケースもいつもと変わりなかったけれど、今夜は贈ったあのコートを着ていた。

「あ、あんたこそ……なんで駅にいるのに遅れるなんてメール寄越《よこ》したんだ」

『買い物……』

「そこで買い物をしてたんです。レジが混んでで、時間がかかりそうだったので終わるまで待ってほしくて、君にメールを……君がもう来てくれてるのは見えてたんで」

藤野がそう言って携帯を持つ手で示したのは、コンコースを見下ろすように位置する、構内のデパートの二階だ。ガラス壁にスーツを着たマネキンが三体、こっちを向いて並んでいる。

紳士服売り場らしい。

「あ……ああ、てっきり仕事かと思ってさ」

「仕事は今日は予定より早くに上がれました。君もお店は大丈夫だったんでしょう？」

藤野の顔はいつになく険《けわ》しかった。焦《あせ》りのためとも怒りのせいとも取れる、硬い表情に口調。そして――

『嘘をついてまで帰ろうとするなんて……』

尖《とが》った『声』が、仮原の胸を抉《えぐ》った。

「ごめん、ちょっと急用を思い出してさ……悪いけど、今日は帰らせてもらうよ。ごめん……また今度、連絡するから」

仮原はなにかに怯《おび》えて後ずさりでもするかのように、一歩後ろへ足を運んだ。

「仮原くん！」

藤野の呼び止めにも応じず、踵《きびす》を返す。なにをやってるんだと自分に呆れながらも、とにかく早くこの場を離れてしまいたかった。考えるのはすべてそれからだ。

人混みに逃げ込もうとする仮原の背に、『声』が響いた。

『私と会うのが嫌だったんですか？』

仮原はぴくりと革ジャケットの肩を弾ませる。それは思考ではなく、自分への問いかけに聞こえた。

周囲にはたくさんの音が溢《あふ》れていた。コンコースを行き交う多くの人間の足音。無数の会話、笑い声。どこかで若いお喋《しゃべ》り女の甲高《かんだか》い声が聞こえる。遠くでは、電車の到着を知らせるアナウンスと発車ベル。

音の洪水《こうずい》の中で、背を向けた仮原にはその言葉が音声であるのか、心の声であるのか判断がつかなかった。

『仮原くん、答えてください。そんなに、私と会いたくなかったんですか？』

仮原は足を止めた。

雑踏《ざっとう》の中でゆっくりと振り返る。

藤野は突っ立ったまま、口を引き結び、ただ真っ直《まっす》ぐに自分を見つめていた。

「やっぱり……君は今も、私の心の声を聞いてるんですね」

仮原は僅《わず》かに顔を歪《ゆが》ませる。

「……俺を試したのか？」

「試すなんて……ただ、君の様子がずっと変で、気になってたんです。心の声を聞かれてるんだとしたら、納得できることがいくつもあって……君は特別なことをしなくても、いつも聞いてる。そうなんでしょう？」

もう駄目だと思った。

嘘をつき通せない。その思いに、コンコースの硬い足元が崩れ落ちていくかのような不安感を覚える。

「仮原くん、どうして嘘をついたんですか？」

「……さぁ、俺が根っからの嘘つきだからかな。あんたの言うとおり、俺はずっと心の声を聞いてる。聞かないでいることのほうができないんだ」

『そんな……』

「そんなって言われてもねぇ。俺だって好きで聞いてるわけじゃない。勝手に聞こえるんだ。そいつも、あいつも、みんな『声』を垂《た》れ流してる。生まれたときから、三百六十五日、休む間もなく俺には聞こえてる。はっ、こんな奴、気味悪いだろう？」

無意味な強がりだった。

仮原は皮肉たっぷりに言い、引《ひ》き攣《つ》る唇を歪ませた。どうせおしまいになるなら、自分から幕を引いたほうがマシだとばかりに言い捨て、再び背を向けようとする。

「ま、待ってください」

『彼を責めたいんじゃない』

「君を責めたいわけじゃないんです。私はただ知りたかっただけです。本当のことを、君には話してほしかった」

引き止めようと近づいた男の触れるほどに伸ばされた手を、仮原は思わず振り払った。

「本当って……知ってどうすんの？　あんたこんな俺と一緒にいられんのか？」

『判らない……でも、きっといられる』

「バカじゃね、いられるわけねぇだろ。すぐ嫌になるに決まってる」

『そんなことない、でなきゃ……会いたいはずがない』

「会いたいのは俺がもの珍しいからじゃないのか？　そうだ、いい研究材料になる。あんた根っからの研究好きだから、こんな面白い材料見過ごせねぇんだ」

『違う。ふざけないでくれ、そんな理由で傍《そば》にいたいだなんて思わない。人を、好きになったりしない』

「じゃあ、なんだよ。なんだってんだよ!?」

荒げた声に、藤野の目が見開かれる。

無関心に二人の周囲を行き交っていた通行人までもが、ちらちらと仮原に奇妙な目を向けた。仮原はただ一人で、見えない影でも相手にするみたいに喋《しゃべ》り、問い詰め、疑いの言葉をぶつけていた。

「仮原くん、あなたは一体誰と会話をしてるんですか？」

「え……」

「私はさっきからなにも言ってない。あなたが話している相手は私の心だ。君は、心の声と会話していてなお、私の気持ちを信じないと言うんですか？」

藤野はふっと表情を緩《ゆる》ませ、力ない笑みを浮かべた。

「だったら、私の心に意味はありませんね。そこまで信じようとしない君を、私には信じさせせる手立てがない」

「だって……俺のどこがいいってんだよ。あ、あんた、俺みたいな奴のどこに惹《ひ》かれたって言うんだ？　あんたは知らないだろうけどな、俺はずっと最低の人間だった。あんたは俺のことをなにも知らない、判ったような気になってるだけだ」

『……最低だ』

初めて響いた、藤野の自分を誇る強い『声』に、仮原はショックを受ける間もなかった。胸元をなにか硬いものが襲《おそ》った。藤野がブリーフケースのサイドポケットから取り出し、勢いよくぶつけてきたのは白い箱だった。

床に落ちた衝撃で開いた箱からは、なにか黒いものが見えた。拾い上げようと屈《かが》んで見ると、革製のそれは紳士物の長財布だった。

「藤野さん、これは？」

「包装をしてもらう時間がなかったんです。君があんなメールを寄越すから。でも、もういい……もういいです」

自分にプレゼントするつもりだったのか。

藤野は提《さ》げていた荷物を足元に置いたかと思うと、着ていたコートを脱ぎ始めた。

「……藤野さ……」

箱を拾って姿勢を戻そうとした仮原の視界は、突然コートの色に覆《おお》われる。放って寄越されたものに一瞬目の前が暗転し、払《はら》い除《の》けるように顔から引《ひ》き剝《は》がしたときには、もう藤野の姿はなかった。

「まっ、待ってくれよ、藤野さん⁉」

周囲を見回す。

仮原は突き返されたコートと、残された財布の箱を手に呆然となる。見失った男の姿を人混みに探し、戸惑うまま歩き出す。改札に向かいかけ、自動改札に一瞬でも足止めを食らえば見失ったりしなかっただろうと、出口に向かった。

藤野の行動は衝動的だった。ずっと心の声を聞いていたのに、温厚《おんこう》で従順《じゅうじゅん》なばかりの男と思っていたのに——投げつけられた箱とコートを持つ手に力が籠《こも》る。

急ぎ足になった。きょろきょろと周囲を見渡す仮原は、何度か人にぶつかった。

「藤野さん！」

藤野の背中を見つけたのは、出口を出てすぐのところだ。肌を刺すほどに冷たい風が吹き抜ける歩道で、薄いシャツにスラックスの寒々しいなりの男は浮き立って見えた。

「藤野さんっ‼」

駆け寄り摑《つか》んだ腕は、すぐさま振り払われた。

「……触らないでください！」

「ふ、藤野さ……」

「もう充分です。私を振り回すのはもうやめにしてください」

剣幕《けんまく》にたじろいでしまった仮原に、背中を向けたままの男は胸に溜まった悪いものでも吐き出すみたいに、苦しげな声で言った。

「君はいつもそうです。酷《ひど》いことを言うくせに、私が逃げたらそうやって追いかけてくる。手のひらの上でマウスでも嬲《なぶ》るみたいに、楽しんでいるんですか？」

「ちがっ、違う、そんなつもりはない」

「……どうだか判りません。私を馬鹿だって思ってたんでしょう？　君に好きだと言われて浮かれてた。騙《だま》されてたと知って絶望した。でもまた好きだと言われて、今度は本当だって言われて……君は言ったじゃないですか、本当だって！　なのに……っ……」

『なのにどうして僕を拒絶するのか』

傷つけた男の『声』が、胸の深いところまで刺しつける。

「藤野さん……」

逃《のが》れようとする男の身を、仮原は全力で捉《とら》えていた。

冷たいもの。すでに冷えた体を抱きしめる。駅の構内ほどはなくとも人の絶えるはずもない歩道で、冷ややかな周囲の視線を浴びながらも、仮原は藤野を腕に抱いた。

「放してください、仮原くん」

「藤野さん、ごめん」

「……仮原くん、放してください。人も見て……」

仮原が痛いのは、ただ自《みずか》らの繰り返す過《あやま》ちで擦《す》れ違《ちが》ってしまった男の声だけだった。

どうして、何度となく間違えてしまうのか。

自分の想いも藤野の気持ちも一つに繋《つな》がり合えれば、なにも迷うことなどないのに。

どうして通じ合えないのだろう。

人の心は一つにはなり得ないのだろう。

世界は昔、もっと単純だったのかもしれない。

心の美しさも醜《みにく》さも、共有し合い、許し合っていたのかもしれない。

まるでアダムとイブだ。エデンを追われる結果になるとも知らず、林檎《りんご》を食べてしまったように、きっと誰かが最初に心を閉ざしたのだ。

メッキに覆われた心は、それほどに美しく見えたか。ぴかぴかに輝くそれを誰もが手に入れたいと願い、心の扉はバタバタと閉ざされ、そして——人は皆、分かれた。

もしも本当に人だけが心を共有する術《すべ》を持たないとしたら、どんなに虚《むな》しく馬鹿げた生き物だろう。

目に映るこの世界は、あるべき姿なのか。

誰もが孤独に潰《つぶ》されそうな夜が来ても、人はけして心を通じ合わせることはない。

「……藤野さん、ごめん」

仮原は抱く腕に力を籠《こ》めた。

「仮原くん……」

放したくなかった。どんなに必死で捉えても、強く抱きしめようとも、一つにはなれやしない存在と判っていても。

自分は藤野の一部になることも、藤野の犬になることだって叶わない。

それでも——

「俺はあんたが好きだ。だから……頼む、行かないでくれ」

周囲を行き交う人の足音や声が遠退《とおの》いて聞こえる。仮原には、今腕にしているものがすべてだった。

また、愚《おろ》かな過《あやま》ちで失いそうになっているもの。腕の中の藤野は棒切《ぼうき》れのように強張《こわば》っていたけれど、やがて静かな声を発した。

「仮原くん、どうして……どうして、私と君は揉《も》めなきゃならないんですか？　同じ気持ちじゃないんですか？」

「藤野さん……」

「君は……私を判ってくれた。君は心の声のことを信じてくれたのは私だけだと言ったけど、私だって君が初めてだった。私の話を聞いてくれた、たとえつまらない話でも」

胸元に回した手に、ひやりとした感触を覚えた。

冷えた藤野の手だった。

「君は、自分で思ってるよりずっと優しい。君の心の声は、私には聞こえないけれど、私は……そう信じています。だから、君を好きになったんです」

ゆっくりと言葉を選ぶように藤野は語る。心の声もまた、仮原の耳には届いていたけれど、それは雑踏《ざっとう》のざわめきと同じくらいに遠い。

仮原が強く耳を傾けているのは、今聞きたいと望んだのは藤野の口から溢《あふ》れる言葉だった。

「君は私を信じてはくれないんですか？」

「俺は……」

重なり合った手は、触れ合ううちに温かさを生み出す。

「俺も、あんたを信じてる」

そうだ。

人は、けして心を通じ合わせることはない。

——言葉なくしては。

信じる心、なくしては。

「雪が……」

抱きすくめた男の肩の辺りに顔を埋《うず》めようとした仮原は、小さな声に頭上を仰《あお》ぐ。

いつもと変わらない街の夜の喧騒《けんそう》。人に車に、聳《そび》え立《た》つビルの窓明かり。ぐるりと天を囲《かこ》んでいるように見えるビルの谷間に、冷たい夜の闇がある。

黒く塗《ぬ》り潰《つぶ》された闇の中を、白い欠片《かけら》は花びらのようにすっと空《くう》を切りながら舞い降りてきた。

雪。

占い師の言っていたとおりだ。

夜空を見上げる仮原は、舞い散る雪の中で、男の言っていた自分に必要なものがなんであるかを判ろうとしていた。


曇《くも》った窓ガラスの向こうで、街灯の明かりが白くぼんやりとした太陽みたいに映っている。

ガラス越しの光が、布団に包《くる》まった二人を柔らかく照らし出す。

雪は家に帰りつく頃には本格的な降りになっていた。約束の食事はどうでもよくなっていて、藤野も異論を零《こぼ》さないのをいいことに、そのまま駅にも戻らずタクシーに乗り込んだ。

タクシーを降り、降りしきる雪から逃《のが》れるように家に転がり込むと、仮原はほっとした。

もう、誰の目もない。

人目なんてどうでもいい。そう思い切れていたものの、やはり二人になりたかった。

二階で抱き合った。帰ってきたときには凍《こご》える寒さだった六畳の和室は、エアコンと敷いた布団の中で抱き合う二人の温度に温まり、窓は曇りガラスへと変わっていった。

藤野の裸の腰に手を回した仮原は、ふと思い出して言う。

「……こないだは悪かったよ」

抱き留められた男は、ぼうっと焦点《しょうてん》の定まっていない眼差しで仰《あお》いでくる。普段より赤らんで色づいた唇が色っぽい。何度も繰り返した口づけに艶《なま》めかしく濡れた唇は、ゆっくりと動いて問う。

「こないだ……な…なにがです？」

「いや……べつに」

「言ってください。でなきゃ……私には判らない」

『声』が聞こえるのは君だけなのだと訴《うった》えられた。

脇から肩へと、男の素肌に仮原は手のひらを這い登らせる。冷えてさらりとしていたのが嘘みたいに、藤野の肌はしっとりと手に馴染《なじ》んでくる。

「背中……こないだここで無理にしたとき、痛そうだったと思ってさ」

「あ、あれくらいは……大丈夫です、き、気にしないでください」

「乱暴なセックスにも慣れてる？」

意図《いと》せず、むっとした声になってしまった。

「慣れ…るって？」

「だって、あんたの男はいっぱいいたんだろ？　数数えられないほどさぁ」

自分は何番目の男だよ、なんて最悪のセリフだけはどうにか言わずに飲み込む。

「そんな……べつに恋人だったわけじゃありません。結局……いつも遊び相手になってただけで……」

嫉妬なんて見苦しい。そんなこと百も承知ながら言わずにおれないのは、独占したい気持ちがあるからだ。それがどこまで伝わっているものか、見下ろした藤野は、身の置き所がなくなったみたいに小声で言った。

「……すみません」

「謝られると、俺、ますます格好《かっこう》つかねぇんだけど」

「でも……」

『でも、すみません』

おろついたように詫《わ》びる『声』が響く。藤野にもどうにもできない無意識の反応と知りつつも、仮原はみっともない嫌味を言う代わりに、今は自分のものだと主張してその身を揺すり立てた。

ぐっと揺さぶった腰に、布団の中で粘液質《ねんえきしつ》の音が鳴る。

「……あ…うっ……」

微《かす》かな呻《うめ》きと共に、藤野の濡れた眸《ひとみ》が揺らいだ。

「あ……痛いか？」

「痛くは……ない、ですけど……っ……」

合わさった腰が少し震えている。性急に求めた体は、深いところで一つに繋がれていた。潤《じゅん》滑剤《かつざい》の助けを借りて比較的スムーズに収まったものの、まだ滑《なめ》らかに動かすにはきつい。

布団を剝《は》ぐって仮原が上体を起こすと、藤野は『あっ』と戸惑う声を上げた。

「か、仮原くん……」

「寒くないだろ？　もう温まってきてる。部屋も、あんたも……」

温《ぬる》いエアコンの風が頭上を掠《かす》める。部屋の明かりはつけていなくとも、表の街灯は近く、窓明かりでも藤野の肌色がいつもと違っているのは見て取れた。

扇情的《せんじょうてき》な光景だった。

こちらを窺《うかが》う、不安と期待の入り交ざったような眼差《まなざ》し。濡れて薄く開かれた唇と、上気《じょうき》してほんのりと色づいた肌。胸元の二つの尖《とが》りは愛撫を受けた余韻《よいん》に一際《ひときわ》赤く染まり、淡い茂みを分けるようにして起《た》ち上《あ》がった性器は、先端に蓄《たくわ》えた露《つゆ》が今にも溢れそうになっている。

それから、もっと奥の繫がれたところ——自分を受け入れている場所を、仮原は見下ろした。

指先で触れたときには慎《つつ》ましやかに閉じていたそこは、たっぷりと塗《ぬ》り籠《こ》めたローションに綻《ほころ》ばされ、自分を根元近くまで飲んでいた。

濡れた縁《ふち》を指の腹でぬるりとなぞれば、藤野の目がゆらゆらと泣き出しそうに揺らぐ。

『こんな……恥ずかしい』

「恥ずかしい？　それだけ？　恥ずかしいけどイイ、じゃなくて？」

少しからかうと、怖いというより妙に艶《つや》を帯《お》びた眼差しで睨《にら》まれた。

「あ……ごめん、嫌になった？」

「それ……何度も確認しないでください。私は……君を嫌になったりしません」

ここまで抱き合う間にも何度も口にした。回数なんて覚えちゃいないけれど、しつこく確認した自覚ぐらいはある。

「本当に？　本当に俺を……嫌いにならない？」

懲《こ》りずに仮原は問い、意図せず身じろいだだけで藤野は「あっ」と小さく声を上げる。それどころじゃないらしい。

藤野の中は、いつもより鋭敏《えいびん》になっているように感じられた。

久しぶりだからか、抱いているのが自分だからか。

後者であればいいと、切《せつ》に思う。

「……っ、ぁ……」

熱を逃がそうとしてか、藤野は枕の上でゆっくりと頭を振った。仮原がじっとしていようと、体は咥《くわ》え込《こ》んだものを意識せずにはいられないらしく、包んだ場所が切なげにひくひくとなる。

「感じる？」

仮原はすっと切れ長の目を細めた。

可愛い。いくつも年上の男相手にそう思った。

もっとたくさん感じさせて、溺《おぼ》れるほどに気持ちよくさせてやりたい。

こんな風に誰かになにかを与えたいと思うのも、与えることに素直な喜びを感じるのも初めてだ。

可愛い。愛《いと》しい。自分のどこかに存在するとも思っていなかった甘やかな言葉が、ぽろぽろと溢れ出し、仮原を突き動かす。

「仮原くん、待っ……」

「全部見せてくれよ、藤野さんがよくなるとこ……俺にさ」

浮いた両足が無意味にもぞもぞと膝《ひざ》を閉じ合わせようとするのを捕まえ、左右に開かせた。ぱっと朱《しゅ》でも散らされたみたいに色味の増す肌に両手を這《は》わせ、胸元を愛撫する。

指の腹を使って撫《な》で摩《さす》ると、藤野は繰り返し頭を振った。いくら首を振ったところで熱が冷めるどころか、その頰は一層《いっそう》赤く染まった感じがして、まるで純情な男でも誑《たぶら》かしているみたいな気分になる。

開かれた唇から、吐息が幾重《いくえ》にも零れた。

「……ぁっ……」

やんわりと乳首を摘《つま》みあげると、微かな上擦《うわず》る声が上がる。

「……ぁ、あっ……い、や」

仮原は上体を屈《かが》ませ、その額《ひたい》に額を押し合わせた。触れ合うほどに寄せた唇を動かし、言葉で男を宥《なだ》めすかす。

「嫌じゃない、ちゃんと聞こえてるから……あんた、いいって言ってる。乳首、気持ちいいって……可愛いな」

「そんな…っ……」

『あ、いや……いいっ……じんじんする。熱い……熱い、気持ち…いい……』

伝わってくる。いつも理性的で、研究のことで頭をいっぱいにしがちの藤野の中が、心も体も淫《みだ》らな感覚で埋まっていく。溶け落ちて、自分を甘やかす。

仮原は熱っぽい息をついた。

「……判る？　なぁ……堪《たま》んない。あんたの中、奥まできゅんきゅんしてきた……」

温かい。藤野の中は、堪らなく気持ちいい。

送り込んだローションの助けもあってか、柔らかく馴染んでいるくせに、昂《たか》ぶる自身をねっとりときつく締めつけてくる。

「……いい……藤野さん、すげ……いい」

激しく腰を動かして打ちつけてしまいたいのを堪え、仮原は余裕ある素振《そぶ》りでゆっくりと腰を引いた。強張る一方のものでぞろりと内側をなぞっては、また時間をかけて押し込める。

「あっ……ん、い……あぁっ……」

「……これ、気持ちよくない？」

「あ……だ、だめ…です、なかっ……中が……」

「中がどうかした？」

撫でつけるようにその髪に触れると、藤野は唇を噛んで首を振る。

『……変だ……もう、イキそうに……』

「今の、イッちゃいそうになったんだ？　ホント、感じやすいな」

快楽に浮かされているのは藤野ばかりではない。仮原は無邪気に口にして、藤野を羞恥《しゅうち》にうろたえさせる。

「き、聞かないで……ください」

「無理だよ、言ったろ……勝手に聞こえてくるんだ。あんたのエロい声……そのイキそうな声もさ……」

「そん…っ……あ…ぁっ……」

仮原は右手を男の下腹部へと這い下ろした。

探すまでもなく、指に触れた濡れたもの――

「……か…仮原く…ん……」

伏せ目がちに藤野が零した、心許《こころもと》なさげな声すら愛しい。とろとろと雫《しずく》を溢れさせている敏感なそれに指を絡《から》みつけると、男は目蓋《まぶた》を震わせ、切なげな吐息をついて仮原を煽《あお》り立《た》てた。

「こっちも、しようか？」

包んだ手を緩《ゆる》く上下させる。

「ダメ？　すぐイっちゃいそう？」

うっとりとした声で問いかけながら、心を聞き取ろうとする仮原に、藤野が抗議の声を上げる。

「も…もう聞か…な…っ……」

「だから……それは無理なんだって」

『いや……』

「……嫌？　こんな俺に抱かれるのは嫌だ？」

濡れた目で睨まれる。

「かく…確認、何度もしな……でくださいって……言った、はずです」

「藤野さん……」

首筋にするりと回された手に、仮原は抱かれた。引き寄せられ、許される自分を感じながら、欲しくてならない男のすべてを奪い取る。

「………あ……あっ……」

吸《すす》り喘《あえ》ぐ声を耳に腰を入れた。

「……藤野さん、いい？」

自分の快感よりも、藤野を高めるのに夢中だった。

「ここ？　ああ、違うね……こっちか。藤野さんのいいとこ……ちゃんと、当たってる？」

『あ、いいっ……いいっ……』

「ああ、いいね……すごい、ココがいいんだ？　もっと？　もっとしてほしい？」

『ん……もっと、もっと……そこ、擦《こす》れて……』

滾《たぎ》った先端を、藤野の感じるところへ嵌《は》め込《こ》むみたいに押し当てた。

くちゅくちゅと淫《みだ》らな音が鳴る。二人分の荒い息遣いが、部屋の窓を一層《いっそう》曇らせる。

藤野は心の声で会話していることも、次第に判らなくなっているようだった。艶めいた声は、意味をなさない啼《な》き声へと変わり、仮原もまたその体に溺《おぼ》れていく。

メチャクチャにしたい。もっと、メチャクチャに感じさせたい。

「……やっ、もうっ……も、あ…ぁっ……」

ずり上がろうとする腰を掴み、何度も引き戻した。

理性が焼き尽くされる。腰を一抱《ひとかか》えにして、藤野を激しく貪《むさぼ》る。狙《ねら》いすましたポイントを延々《えんえん》と嬲《なぶ》り尽《つ》くすような愛撫に、しゃくり上げ始めた男の拳が背を叩いた。

「や…いくっ、いく……仮、原く…っ……」

「……いいよ、イって見せてよ」

「そ……そんなっ、む…り、無理…ぁっ……ひぁ…っ……」

「そっか……後ろだけでイったこと、ない？　じゃあ……これは、俺が初めてだ」

呆れた独占欲だ。自分の執着振りのほうが、藤野の痴態《ちたい》よりもよっぽど恥ずかしいと思ったけれど、藤野はそれどころではない様子で啜り喘いでいる。

見れば、途中から放置してしまった藤野の性器は今にも弾けそうだった。痛々しいほどに昂ぶって、先端の綻びから幾重にも先走るものが伝っている。

強く押し込む度《たび》にまた濡れるのが、堪らなくいやらしい。

「すごいな……前と後ろ、繋がっちゃってるみたい」

開かせた腿《もも》が羞恥《しゅうち》に震える。

全部持っていかせたい。自分を、丸ごと全部。

「……いや……みな、見ない…でくださ…っ……あっ、あぁっ……」

藤野が細い悲鳴にも似た声を上げた。

瞬間、仮原の視線の元で弾けたものが、膨《ふく》らんだり凹《へこ》んだりと激しく上下している男の腹へと散る。

「あっ、あっ……」

布団の上の藤野の腰が上下に何度も跳ねた。繋がれた部分を揺さぶり立てられ、僅《わず》かばかり残っていた仮原の理性も根こそぎ奪い取られる。

深い官能に身をくねらせている男を、仮原は熱に浮かされた目で見る。

「……可愛い……可愛いよ、藤野さん……」

濡れそぼつ場所へ、外れかけたものを押し込み直した。達したばかりの男が追いつけずに拒《こば》もうとするのを宥めすかしながら、また腰を入れる。

「もうちょっと……な、藤野さん、我慢…してくれよ。俺も限界……イキたい、あんたの中で……イキたい」

「まっ……待って、あ、あ……んっ、ひ…ぁっ……」

息つく間もない行為に、藤野の声も『声』も啼き喘いでいた。こめかみに涙の伝う顔は真っ赤だ。あんまりがっついてはまずいと思ったけれど、そんな顔を見てしまっては余計我慢できなくなる。

「……もっ、かり…はらくんっ……早く…っ……」

「早く…終われって？」

布団の上で悶《もだ》える藤野を重い体で抱き潰しながら、仮原はふっと息遣いだけで笑った。

「今だったら……あんたに、なにっ…言われても、イっちゃいそう。こないだの講義の続き……して、くれてもいい」

「…ぁっ……こう……ぎっ？」

「そう、世界で一番退屈…だっていう、あんたの講義…っ……」

のぼせた頭で言う。世界で一番なんて、藤野は一言も言ってなかったけれど、反論する余裕が藤野にあるはずもない。

「こんな顔でされたら……居眠りなんて絶対、できないな。ああ……べつのことで頭一杯でお勉強…どころじゃっ、ないだろうけど?」

仮原は高い鼻梁《びりょう》で男の頬や鼻先を擽《くすぐ》るように顔を寄せた。揶揄《やゆ》する言葉も、どこか本気だった。

「ん……んんっ……」

押し合わせた唇を捲《めく》り上《あ》げる。互いの熱を口腔《こうこう》で絡みつかせながら、深い繫がりを求める。

「……好きだ、あんたがどんなでも……俺は全部、好きだ」

自分にとって、誰よりも美しく、気高《けだか》いほどに澄んだ心を持つ人。

愛しい。

体を抱いているのは自分でも、心は藤野に抱き留められている気がした。

いや、どちらでもないのかもしれない。どちらか一方が求めるものでも、与えるものでもなく——

出口へ向かおうとする仮原の耳には、あの旋律《せんりつ》のような『声』が聞こえた。

『……好き』

「……私も……君が好きです、仮原くん」

きゅっと音を立てて手で拭《ぬぐ》った窓ガラスの向こうは、早くも銀世界だった。

降り出したときよりも大きくなった気のする雪片《せっぺん》は、道路を挟んだ向かいの雑居ビルが見え辛《づら》くなるほど降りしきっており、歩道もバス停の屋根も、葉の落ちた街路樹の枝先さえも白く染まりつつある。

「今夜中にかなり積もりそうですね」

裸のまま窓辺に座った仮原の元へ、藤野が布団から這い出してきた。

「こんな夜の雪なら悪くない」

「どうして？」

「ロマンチックだろ」

柄にもないと、口にしてすぐに思った。

「仮原くん……意外にロマンティストなんですね」

すかさず突っ込まれ、開き直るしかない仮原は、隣に並ぼうとした男の体を後ろ抱きにしながら言う。

「ああ、俺はこれでもピュアな夢想家《むそうか》なんだ。あんたの歌う声も好きだしな」

「歌？」

「あんたの『声』は、いつも歌でも歌ってるみたいだ。輪唱《りんしょう》ってあるだろ？　あんな感じ。いっぺん考えた言葉を口で繰り返すから、なんか二重に響いて聞こえる」

「考えるのが鈍《のろ》いんでしょうか。嫌だな……歌は苦手なんです」

前にも言っていたとおり音痴《おんち》はコンプレックスなのか、決まり悪そうにする。

「あんたにも聞かせてやりたいぐらい、綺麗な歌声だよ」

「私はどうせなら、自分の声より君の心の声が聞いてみたいです。でも、残念です。私にはなんの力もないから……」

胸元に背後から回した仮原の手に、男にしては綺麗な指の手がそろりと重なり合わさる。仮原はそれを取ると、肩越しに顔を近づけて指の先に口づけた。

物足りずに藤野の顔を自分のほうへと捩《よ》じらせ、唇にもキスをする。

触れ合わせるだけのつもりが、何度か繰り返すとつい深くなった。

「ん……っ……」

「……あんたの舌、熱い。まだ熱、籠《こも》ってるみたいだな」

『そういえば……喉《のど》、渇《かわ》いてる』

「水、持って来てやるよ。そういや腹も減ったな」

ちょっと名残惜《なごりお》しかったけれど、するっと体を解放して立ち上がる。

「どうした？」

畳《たたみ》に座ったままの藤野が、奇妙な顔をして自分を見上げているのに気づいた。

「考えただけで君が普通に応《こた》えるのが、やっぱりまだちょっと不思議で……」

「あー、ごめん、つい」

すっかり隠す気持ちをなくしてしまっていた。気を悪くしたかと焦《あせ》る。

けれど、返ってきたのは意外過ぎる反応だった。

「いえ、心が伝わるって便利だと思っただけです」

「え？」

「だって、言わなくても君が判ってくれるでしょ？　とても便利だと思います。これがもし退《たい》化《か》でも進化でも、ヒトはもったいないことをしたんだな……なんて」

大真面目な顔をして言う男に覚えたのは、驚きと可笑《おか》しさだ。仮原は思わず噴き出す。

「な、なんで笑うんですか？」

「いや、あんたやっぱり面白い」

心を読まれて『便利だ』などと思える人間はそういないだろう。

浮世離れ。どこか天然でもある男の一面を、笑いつつも可愛らしく思う。

「そう思ってくれんなら、聞かない練習の必要はないかな」

「聞かない練習？」

「ああ、聞き流す努力をすれば、心の声を上手《うま》く聞かずにすむこともできそうなんだ。けど、この聞き流すってのが厄介《やっかい》でさ、こないだはあんたに上《うわ》の空《そら》みたいに思われちまうし」

「よく……判らないですけど、難しいことなら無理をしないでください。私といるときぐらい、自然にしていたっていいじゃないですか」

仮原は笑《え》んだ。藤野らしい返事だった。

水を取りに行くことにする。階下に下りるには、さすがに素《す》っ裸《ぱだか》は寒い。手早く上下の服を身につけ、台所からケースで買い置きしているミネラルウォーターのボトルを二つ取ってきた。五百ミリリットルのボトルだ。

「ありがとうございます」

一つを手渡すと、よほど喉の渇いていたらしい藤野はすぐに飲み始める。

階下に行っている間に藤野も服を着ていた。なのに、妙に艶めかしいシルエットだ。

暗いままの部屋で、窓明かりに照らされた男の喉《のど》が嚥下《えんか》に上下する。

普段はストイックなくせして、そのギャップゆえか放たれる色香が魅惑的に映る。冷めたはずの熱がすぐにも戻りそうな予感に、仮原は少し離れ、布団を隔《へだ》てた場所に腰を下ろそうとした。

尻で衣服を踏みつけそうになった。

放っていた自分の革ジャケットだ。隅に移そうとして、なにか重たいものがごろりと落ちる。

ポケットから転がり出たものを拾い上げた仮原は、それをじっと見つめた。

「仮原くん、どうかしたんですか？　それは……電話？」

「ああ」

「携帯電話ですか？　君の……じゃありませんよね？」

確認して問いたくなるのも判る。薄暗い部屋でもはっきりと判るほど、形の古い携帯電話だ。手のひらにずしりと重さを感じる、折《お》り畳《たた》み式。黒いそれは本来は鏡面《きょうめん》加工だったのだろうが、経年《けいねん》による劣化《れっか》でたとえ明かりの元でも輝きはない。

「ん……まぁな、ちょっと訳ありで返しそびれた」

占い師の電話を、仮原は最初から捨ててはいなかった。

ただ、すり替えたのだ。ポケットに押し込み、代わりに土手の石を川へと投げ込んだ。

最初はちょっと……そう、からかってやるだけのつもりだった。

「返しそびれって、どなたのです？」

「あー、それは……」

訝《いぶか》る藤野に、べつに隠す必要もないかと説明する。

占い師のこと。昔自分と同じく『声』が聞こえていたらしく、今は三丁目の橋の下でホームレス生活を送っていること。

それから、携帯電話を自分が持っている理由も。包み隠さず誤魔化《ごまか》さず、正直に話してしまえば、当たり前だが藤野は眉を顰《ひそ》めた。

「君って人は、なんてことを……」

「俺が優しいってのは、前言撤回《ぜんげんてっかい》？」

つい叩いた軽口にも藤野の表情が変わらないのを見て取り、仮原は少し焦る。

「か、返そうとはしたさ。電話を『やる』って何度も言ってんのに、素直じゃないから……可愛げのねぇ男なんだ、まったく」

今頃、橋の下の小屋で寒さに震えているだろうか。

まさか、この雪の中を土手に座ったりはしていないと思うが——

仮原は窓辺の藤野の傍《そば》に近づいた。

雪明かりに手のひらの携帯電話を翳《かざ》す。光も音も発することのない電話は、まるで本当に命なく沈黙した石ころのようだ。

「こん中に、なんかいろいろ詰まってるらしいんだけどな……文明の利器なんて、案外不便なもんだ」

「データを取り出すことは可能なんじゃないんですか？」

「ここまで古いと無理だろ。それくらい、あいつも考えたんじゃないかと思うし」

「そういうの得意な生徒がゼミにいますよ。古いパソコンや精密機械を弄《いじ》るのが好きみたいで……十年やそこらなら、きっと大丈夫でしょう」

希望を抱《いだ》かせる藤野の言葉に、仮原は一瞬黙り込む。

「……なぁ」

「はい？」

目を輝かせるでも、話に食いついてくるでもなく、仮原はむしろ煙《けむ》たげな渋い顔となって問い質《ただ》した。

「それって……時々一緒に昼飯食いに行ってる奴？　携帯の写真の撮り方、あんたに教えてる奴か？」

藤野はきょとんとした顔で、目を瞬《しばたた》かせた。

「そう…なりますね。小木《おぎ》くんといいます。勉強熱心で、近年稀《まれ》にみる優秀な子ですよ。教授も彼を気に入っていて……」

「あんたも気に入ってんの？」

「え、ええまぁ……なかなか視点の面白い子なので……」

「まさか、誘われたら寝たりしないよな？」

「……はぁ!?」

珍しく裏返るような声を発する。

「か、仮原くん、君って人は……」

すぐに藤野は呆れきった表情となった。けれど、仮原が冗談に変えもせず、長いこと胸にもやもやと巣くっていたものをその顔に噴出《ふんしゅつ》させていると、聞きたくもない『声』を響かせてきた。

『もしかして……嫉妬を？』

「嫉妬じゃねぇよ」

『でも、じゃあどうして……』

「うっさいな」

「わ……」

もうなにも『声』すら紡《つむ》がせたくないとばかりに、仮原は男に覆《おお》い被《かぶ》さる。携帯電話を畳に放り出し、藤野の手からもペットボトルを奪い取れば、身の下で上がるのは抗議の声だ。

「ちょ、ちょっと仮原くん……もうっ……」

「もう、なに？　なんか文句あんの？」

重ね合わせた体を密着させ、甘い匂いでも嗅《か》ぎ取《と》るみたいに鼻先を首筋に埋める。

からかっただけのつもりの戯《たわむ》れ――藤野の発した『声』を耳にした仮原は、嬉しげに目を細めた。

「あれ……藤野さん、ホントに嫌じゃないんだ？　まさか、足りてなかったとか？」

頬を染めた男は困ったように見上げてくる。

「や、やっぱり君は練習……してください。その、心の声を聞かないでいる練習」

仮原は楽しげに笑う。

窓辺にくすくすとした声を響かせ、それから愛しい温《ぬく》もりを抱き寄せて言った。

「判った、ちょっとは練習するからさ……藤野さん、あんたに頼みがあるんだ」

◇ エピローグ ◇

男は風に吹かれていた。

もう長い間ずっと、忘れるくらい前から冷たい風に身を晒《さら》していた。

一体、あれから何度日は昇り、沈んだのか。

宵闇《よいやみ》の土手に腰を下ろした占い師の男は、暗い川面《かわも》に目を凝《こ》らす。

街が白く染め抜かれる朝も、現実と夢の境界が曖昧《あいまい》になる夜も、川は右から左へとずっと絶え間なく流れる。生まれる以前、命が潰《つい》える瞬間、幸福だったあのときも、誰にも堰《せ》き止《と》めることなどできない大きな川は流れ続ける。

闇の中を、赤い光が過《よ》ぎる。夜空を舞っているのは火《ひ》の粉《こ》だ。少し離れたところで、橋の下の住人たちが焚《た》き火《び》をしていた。

誰が持ってきたか、大きなドラム缶は天を焦《こ》がすほどの炎を噴き上げ、パチパチとした音と暖かな光を放っている。

占い師はその輪に加わることなく、一人ずっと離れていた。先週降った大雪になかなか乾くことのなかった土手は、ようやく座れるようになってきたところだ。

間もなく春も来るだろう。

けれど、何度季節が巡《めぐ》ろうと、心が晴れることはない。

家族、友人、仕事。生きる術《すべ》も、行く先を示す光も。なによりも大切であったはずのものも、自分の手で失った。

「淋しい」

膝《ひざ》を抱《かか》え、呟く。

「淋しい」

毛布の中の身を縮《ちぢ》めながら、膝頭《ひざがしら》に指を立てる。吹きかかる白い息は、悴《かじか》んだ指を暖めることはない。その手にはもう、心の拠《よ》り所《どころ》であったものさえない。

すべて失った。

「……僕はどうして道を間違えてしまったのか。君に会いたい……もう一度、会いたい」

苦しげな声を発する男は膝に顔を埋めようとして、ふと顔を起こした。

「…………ムラ…さん」

誰かが自分を呼んでいる気がした。

焚き火のほうへ顔を向けると、手招くように腕を振っている男がいる。火にあたるよう気を使ってくれている住人の一人だろうと思った。

火の周囲には人だかりができていた。赤い炎に照らされ、いくつもの黒い人影は幻のようにゆらゆらと揺れる。

ありがたくともその気にはなれず、占い師は軽く手を上げ、必要はないと一振りした。

川のほうへとまた顔を戻す。

自分の吐く息だけを目にしながら、膝を抱いて小さくなる男の元へ、誰かが歩み寄ってきた。

枯れた草が鳴る。一歩、二歩、足音は大きくなり、呼びかける声が響いた。

「カズヨさん」

占い師は肩を震わせた。

それは、聞き違えるはずもない声。何度も夢に見た、胸が張り裂けんばかりに会いたいと繰り返し願った男の声だった。

「……シュウ」

振《ふ》り仰《あお》いだ先に、その姿は長身のシルエットとなって立っていた。

火の粉がたなびくように夜空を舞う。

男はスーツに黒いコートを纏《まと》っていた。赤い光を背後から浴びた顔は、記憶の中よりもずっともう落ち着いて感じられたけれど、彼に違いなかった。

「カズヨさん、探しましたよ」

ほっとしたように男は笑《え》んだ。

その唇から、忘れることなど叶わなかったあの声が零《こぼ》れる。

嘘だと驚きのあまりに口にしかけ、占い師は言葉を飲んだ。

ぎこちない笑みを浮かべ、震える唇を開く。

「僕も君を探してた。ずっと……ずっと、探し続けてた。君に伝えたいことがたくさんあるんだ」

男の真摯《しんし》な眼差《まなざ》しを見つめながら、占い師は言った。

「僕の言葉を聞いてくれるかい？」

あとがき

砂原糖子

皆さま、こんにちは。はじめましての方がいらっしゃいましたら、はじめまして。

今回、あとがきは諸事情により盛大《せいだい》にネタバレして行きますので、「これから読んでやるよ！」な方がいらっしゃいましたら、是非《ぜひ》ともP.5辺りに戻って本文を先にお読みになっていただければと思います。三池《みいけ》先生の素敵タイトルカットが載《の》っているページです、はい。

今回もフリーダムに好きなものを書かせていただきました。本当にね……続篇ならまだしも、誰も求めちゃいないスピンオフです。そして、この話で一番苦労したのは、前作との繋《つな》がりでも、攻のくせに情緒不安定な仮原《かりはら》でもなく、冒頭の麻雀《マージャン》のシーンです。

実は次を書くとしたら悪い攻にしようというのは結構早い段階で決めていたのですが、麻雀は前作をCD化していただいた際に、フリートークで声優さん方が心の声が聞こえたら使えると言われてたので参考にしてみました。そ、そうか……悪い人を書くなら、麻雀で荒稼《あらかせ》ぎは外せないんだ！と。

しかし、賭事《かけごと》はまったくダメな私。ゲームはフリーセルと「よすみん」を嗜《たしな》んで（？）いるぐらいです。麻雀なんてからっきしし、ルールも判《わか》らない。友達に聞いてみたり、最終的にはネット頼りで理解するのに三日ばかり費《つい》やしました。

そんで「よっしゃ、これで手に汗握《にぎ》る心理戦、気迫《きはく》の麻雀シーンだ！」（一体なんの話を書くつもりだったんだか）と意気込んだわけですが、書いては消し、書いては消し、散々《さんざん》迷走した上に結局そのシーンは五行ぐらいに要約されました。ええ、BL的には仮原に麻雀を早々に切り上げていただかないと、藤野《ふじの》は登場すらできないもので。

私の三日間は、華麗なる無駄時間に。そして現在、類稀《たぐいまれ》なるトリ頭の私は、麻雀についてはもう綺麗さっぱり忘れてしまいました。

致し方ありません。なにしろ三日かけて熱くシミュレートしても、実際のゲームは一度もやってないからな！（何故《なぜ》、誇《ほこ》らしげ）

いつか私が雀士《じゃんし》の話を書くことがありましたら、「ああ、あのときのリベンジなんだな」と温かく見守ってやってください。ヤクザとアラブ王子は揺《ゆ》るぎ無く受の私ですが、果たして雀士は受なのか攻なのか……悩ましいところです。

さて、前置きが長くなりましたが、問題のネタバレになります。

この行を読まれている方は、本文をもう読んでくださったということで。

このお話は「もしもボックス」な世界になります。いわゆるパラレルワールドです。作中にいる前作の余村《よむら》のような人は余村本人ではありません。名前のとおり、別人です。でも限りなく同じ人のつもりで書いています。

後書きでの説明はしないつもりでした。本来、後書きで作品についてくどくどと説明するのは反則技だと思うので、もし作中で伝わらないとしたらそれはそれで……まぁいつもの己《おのれ》の力不足だということで……と考えていたのですが、「おまえの力不足で読んでくれた人をモヤモヤさせるんかい！」という話になりまして、担当さんとも話し合った結果、念のため記《しる》しておくことにいたしました。そ、そんなわけで、余村と長谷部《はせべ》は前作の後も幸せにやってます。ご安心ください。今頃入籍《にゅうせき》する勢いなことでしょう。

楽しく書かせていただいたこの作品が、読んでくださった皆様にも（モヤモヤせずに）楽しんでいただけてましたら幸いです。

前作に続き素晴らしいイラストの数々を描いてくださった三池先生、ありがとうございます。三池先生のイラストのおかげで、キャラへの愛着《あいちゃく》も増しました。今回は前作とちょっと似た雰囲気の表紙に仕上げてくださるそうなので、両方お持ちの方は並べてイラストを楽しまれるのもいいのではと思います。

この本もまた、たくさんの方にお世話になりました。無事に手に取っていただけることになり、嬉しい限りです。作品も続篇加えてどうにか丸く収まった気がします。一番の幸せを掴《つか》んだのは誰になるのか――

読んでくださった皆様にも、幸運が訪《おとず》れますように！

砂原糖子。

2010年5月

D E A R + N O V E L

言ノ葉ノ世界《ことのはのせかい》

この本を読んでのご意見、ご感想などをお寄せください。
砂原糖子先生・三池ろむこ先生へのはげましのおたよりもお待ちしております。

〒113-0024 東京都文京区西片2-19-18 新書館
[編集部へのご意見・ご感想] ディアプラス編集部「言ノ葉ノ世界」係
[先生方へのおたより] ディアプラス編集部気付 ○○先生

初　出
言ノ葉ノ世界：小説DEAR+ 09年ハル号（Vol.33）
言ノ葉ノ光：書き下ろし

新書館ディアプラス文庫

著者：**砂原糖子** [すなはら・とうこ]
初版発行：**2010年 6 月25日**

発行所：株式会社**新書館**
[編集] 〒113-0024 東京都文京区西片 2-19-18 電話(03)3811-2631
[営業] 〒174-0043 東京都板橋区坂下 1-22-14 電話(03)5970-3840
[URL] http://www.shinshokan.co.jp/
印刷・製本：**図書印刷株式会社**

定価はカバーに表示してあります。乱丁・落丁本はお取替えいたします。
ISBN978-4-403-52240-6

S H I N S H O K A N

✤**菅野 彰**《すがの・あきら》
眠れない夜の子供 イラスト 石原 理
愛がなければやってられない イラスト やまかみ梨由
17才 イラスト 坂井久仁江
恐怖のダーリン♡ イラスト 山田睦月
青春残酷物語 イラスト 山田睦月
なんでも屋ナンデモアリ アンダードッグ①② イラスト 麻生 海

✤**菅野 彰&月夜野 亮**《すがの・あきら&つきよの・あきら》
おおいぬ荘の人々 全7巻 イラスト 南野ましろ （※②定価620円）

✤**砂原糖子**《すなはら・とうこ》
斜向かいのヘブン イラスト 依田沙江美
セブンティーン・ドロップス イラスト 佐倉ハイジ
純情アイランド イラスト 夏目イサク（※定価651円）
204号室の恋 イラスト 藤井咲耶
言ノ葉ノ花 イラスト 三池ろむこ
言ノ葉ノ世界 イラスト 三池ろむこ
恋のはなし イラスト 高久尚子
虹色スコール イラスト 佐倉ハイジ
15センチメートル未満の恋 イラスト 南野ましろ
スリープ イラスト 高井戸あけみ

✤**篁 釉以子**《たかむら・ゆいこ》
パラリーガルは競り落とされる イラスト 真山ジュン

✤**たかもり諫也（鷹守諫也 改め）**《たかもり・いさや》
夜の声 冥々たり イラスト 藍川さとる
秘密 イラスト 氷栗 優
咬みつきたい。 イラスト かわい千草

✤**玉木ゆら**《たまき・ゆら》
元彼カレ イラスト やしきゆかり
Green Light イラスト 蔵王大志
ご近所さんと僕 イラスト 松本 青
ブライダル・ラバー イラスト 南野ましろ

✤**月村 奎**《つきむら・けい》
believe in you イラスト 佐久間智代
Spring has come! イラスト 南野ましろ
step by step イラスト 依田沙江美
もうひとつのドア イラスト 黒江ノリコ
秋霖高校第二寮 全3巻 イラスト 二宮悦巳
エンドレス・ゲーム イラスト 金ひかる（※定価682円）
エッグスタンド イラスト 二宮悦巳
きみの処方箋 イラスト 鈴木有布子
家賃 イラスト 松本 花
WISH イラスト 橋本あおい
ビター・スイート・レシピ イラスト 佐倉ハイジ
秋霖高校第二寮リターンズ①② イラスト 二宮悦巳
レジーデージー イラスト 依田沙江美

✤**名倉和希**《なくら・わき》
はじまりは窓でした。 イラスト 阿部あかね

✤**ひちわゆか**《ひちわ・ゆか》
少年はKISSを浪費する イラスト 麻々原絵里依
ベッドルームで宿題を イラスト 二宮悦巳
十三階のハーフボイルド① イラスト 麻々原絵里依 （※定価620円）

✤**日夏塔子（榊 花月）**《ひなつ・とうこ》
アンラッキー イラスト 金ひかる
心の闇 イラスト 紺野けい子
やがて鐘が鳴る イラスト 石原 理 （※定価714円）

✤**前田 栄**《まえだ・さかえ》
ブラッド・エクスタシー イラスト 真東砂波
JAZZ 全4巻 イラスト 高群 保

✤**松岡なつき**《まつおか・なつき》
【サンダー&ライトニング 全5巻】 イラスト カトリーヌあやこ
30秒の魔法 全3巻 イラスト カトリーヌあやこ
華やかな迷宮 全5巻 イラスト よしながふみ

✤**松前侑里**《まつまえ・ゆり》
月が空のどこにいても イラスト 碧也ぴんく
雨の結び目をほどいて イラスト あとり硅子
空から雨が降るように 雨の結び目をほどいて② イラスト あとり硅子
ピュア½ イラスト あとり硅子
地球がとっても青いから イラスト あとり硅子
猫にGOHAN イラスト あとり硅子
その瞬間、ぼくは透明になる イラスト あとり硅子
籠の鳥はいつも自由 イラスト 金ひかる
階段の途中で彼が待ってる イラスト 山田睦月
愛は冷蔵庫の中で イラスト 山田睦月
水色ステディ イラスト テクノサマタ
空にはちみつムーン イラスト 二宮悦巳
月とハニーベア イラスト 二宮悦巳
Try Me Free イラスト 高星麻子
リンゴが落ちても恋は始まらない イラスト 麻々原絵里依
星に願いをかけないで イラスト あさとえいり
カフェオレ・トワイライト イラスト 木下けい子
プールいっぱいのブルー イラスト 夢花 李
アウトレットな彼と彼 イラスト 山田睦月
ピンクのピアニシモ イラスト あさとえいり
パラダイスより不思議 イラスト 麻々原絵里依
もしも僕が愛ならば イラスト 金ひかる
春待ちチェリーブロッサム イラスト 三池ろむこ
コーンスープが落ちてきて イラスト 宝井理人
真夜中のレモネード イラスト 宝井理人
センチメンタルなビスケット イラスト RURU

✤**真瀬もと**《まなせ・もと》
スウィート・リベンジ 全3巻 イラスト 金ひかる
きみは天使ではなく。 イラスト あとり硅子
背中合わせのくちづけ 全3巻 イラスト 麻々原絵里依
熱情の契約 イラスト 笹生コーイチ
上海夜想曲 イラスト 後藤 星
太陽は夜に惑う イラスト 稲荷家房之介

✤**渡海奈穂**《わたるみ・なほ》
甘えたがりで意地っ張り イラスト 三池ろむこ
ロマンチストなろくでなし イラスト 夏乃あゆみ
神さまと一緒 イラスト 窪スミコ
マイ・フェア・ダンディ イラスト 前田とも
夢は廃墟をかけめぐる☆ イラスト 依田沙江美
恋になるなら イラスト 富士山ひょうた
さらってよ イラスト 麻々原絵里依
正しい恋の悩み方 イラスト 佐々木久美子
手を伸ばして目を閉じないで イラスト 松本ミーコハウス
ゆっくりまっすぐ近くにおいで イラスト 金ひかる
兄弟の事情 イラスト 阿部あかね
未熟な誘惑 イラスト 二宮悦巳
たまには恋でも イラスト 佐倉ハイジ